少年陰陽師

しょうねん　おんみょうじ

少年陰陽師 伍拾 現代篇

似遠還近

現代編・近くば寄って目にも見よ

插畫★伊東七つ生

少年陰陽師 人物介紹

現代篇・似遠還近

安倍昌浩

10月16日生　天秤座　B型
愛吃的東西：炸蝦、拍鬆鰹魚
座右銘：因禍為福

藤原彰子

3月25日生　牡羊座　A型
愛吃的東西：冰淇淋、草莓、巧克力片餅乾
興趣：鋼琴、刺繡、編織

九流比古（瑩祇比古）

7月30日生　獅子座　A型
愛吃的東西：烤肉、天婦羅蕎麥麵
座右銘：先發制人

小野螢

12月6日生　射手座　B型
愛吃的東西：水果、栗子飯、核桃
興趣：散步

九流真鐵

6月13日　雙子座　O行
愛吃的東西：番茄、壽司
座右銘：

貫徹初衷

安倍成親

5月12日生　牡牛座　O型
喜歡的話：

追二兔者
二兔皆得

小野時守

1月23日生　水瓶座　AB型
興趣：和服鑑定、解讀古書
座右銘：

實事求是

菅生夕霧

8月31日　處女座　O型
座右銘：

先練不說

大奉送

目錄

序章 ～奇妙緣分～

所謂的平安時代，從結束到現在共八百又數十年。

因為明治維新發生的種種事情而在帝都東京構築寓所的安倍家族，本家設在京都，但現任當家目前住在東京郊外的大平房。

占地面積頗大，有主建築物、庭院獨立小屋、倉庫，以及小小道場。這間道場沒有收門生，只是安倍家練功的練習場。

安倍家族的現任當家晴明，與千年前傳說中的名陰陽師同名。

他出生時，當年的當家看著嬰兒的臉，「嗯」地低聲沉吟，跟隨安倍家族的十二神將就替他取了這個名字。

世間沒有百分之百的投胎轉世。

看似某人投胎轉世的人，只是參雜著那個某人的幾分之幾的靈魂。

人死了，就不可能百分之百地投胎轉世。

不過，偶爾有一些人，雖不是百分之百投胎轉世，但名字跟以前活著的人一樣，會因為奇妙的緣分聚在一起。

或許該說，血緣不愧是血緣，安倍這個家族就是會吸引那些人，或召喚那些人，或聚集那些人。

總之，就是有很多與很久很久以前活著的人相似的人，圍繞著安倍家族。

十二神將騰蛇又名紅蓮，他開始認真思考這個問題，是因為無意間打開了晾曬倉庫物品時發現的家譜。

千年前超有名的安倍家族的祖先，現在被當成神明祭祀，是位於京都堀川通上的神社的祭神。大阪及其他地區也有祭祀，但京都的神社離本家近，情感上也比較親近。

話說，被稱為「現代」的這個時候出現的奇妙緣分，究竟緣起於哪？

最具說服力的說法，應該是緣起於被取名為晴明的嬰兒。

差點絕後但最後仍堅強延續下來的榎之血緣、神祓眾、九流族的後裔，都像等著晴明出生般，也陸續誕生「雖是另一個人但擁有相似靈魂」的人。

再相似終究也是另一個人，若是很久以前，神將們或許動不動就會胡思亂想，但千年後的現在，已經能淡然處之，只有深深的感慨。

不過，真的非常相似，令神將們不禁讚嘆「居然可以像到這種程度」。

像到這種程度的人本來就不多，要全部聚在一起，更是幾百年都不知道有沒有一次的機率。

在神將眼中，他們一個個都很重要，沒有跟任何人重疊，但有時候也會產生思念之情。

神將們都清楚知道，與前人重疊會對不起現在的人。

祂們想如果自己長得像某人，就老是被與那個某人重疊，心情應該會很複雜，所以人類一定也是這樣。

至少不能忘記這樣的感覺。

畢竟，他們雖是毫不保留地傳承了前人，還是擁有與時俱進的價值觀，過著他們獨自的人生。

是的。

這僅僅是因奇妙緣分聚在一起的非常非常稀有的尋常話題。

久別重逢 一

位於京都堀川通的一条戻橋，天色已然昏暗。

除了「走過一定會再回來」的傳承外，這座橋還有另一個傳說。

在遙遠的一千年前的平安之世，有個被譽為曠世大陰陽師的男人，因為妻子看到式神的模樣會害怕，所以把式神留在這座橋的橋畔。

約莫一千年後的現在。

這座橋的橋畔還有妖怪棲宿。

一般人看不見的這些妖怪，會在三更半夜悄悄動起來。

『真……真的沒問題嗎？』

在現代只有博物館或圖鑑才看得到的牛車，謙卑地詢問。

這輛牛車是妖車，在很久以前曾被主人收為唯一的式，為主人殫精竭慮。那位主人雖非大陰陽師本人，但也與大陰陽師有血緣關係。

飄浮在一邊輪子中央的巨大鬼臉，纏繞著自身不時噴出來的慘白鬼火。

當時的主人替它取名為車之輔。

它說：

『在下……大有問題……』

對不安的車之輔信心十足地點著頭的是烏妖，名為魑鳥。

「沒問題啦。」

「一般人看不見我們啊。」

精神奕奕地接著說的，是雅樂器笙歷經歲月後變成付喪神的付喪笙。

它們是從那個大陰陽師還活著時，就一起在京都生活，直到現在都沒有分開過的小妖們。

交互看著兩隻小妖的車之輔，嘎噠嘎噠打起了哆嗦。

『可是……無論如何，要在汽車跑那麼快的車道上奔馳，在下還是有點害怕……』

堀川通的一邊是三線道到四線道的大馬路，交通流量也非常大，幾乎連晚上車影都沒有斷過。

自己將混在那些鐵塊汽車裡，奔馳在那條鋪著瀝青的馬路上。

車之輔光想都覺得害怕，幾乎要昏過去了。

聽著從遠處傳來的救護車警笛聲，車之輔戰戰兢兢地四處張望。

堀川還有一條與堀川通相對望的小馬路，名為東堀川通。

這幾十年來，車之輔從戾橋畔出來時，都是走這條路。

『還、還是跟平時一樣，悄悄走這條河川沿岸的小路吧……』

魑鳥啪沙舉起了一隻翅膀。

「你在說什麼啊，車之輔？聽著，汽車那種東西跟車兄相比，根本就是乳臭未乾的小屁孩，它們敢擋你，你就把它們撞飛。」

魑鳥語氣強悍地大放厥詞，在它旁邊的付喪笙，用力握起從器體長出來的細如竹子的雙手，說：

「就是啊。而且，車兄就是道道地地的一輛車子，而車道是給車子跑的路，有什麼理由害怕呢？」

在兩隻小妖的逼迫下，車之輔的可怕鬼臉，露出困窘的神色。

『但、但是，魍鳥兄、笙兄，像在下這樣的牛車，大搖大擺地奔馳，是很久以前的事了。想起來真的很悲哀，現在牛車一輛也看不見了。』

魍鳥與付喪笙面面相覷。

「話是沒錯……可是，車兄也不必因為這樣就有所顧忌啊。」

「就是嘛，難得今晚是新月，我們就趁黑夜來個久違的散步吧。」

車之輔偏著輪子中央的鬼臉說：

『即使趁黑夜，街燈也太亮了吧？』

張開翅膀有一尺半長的鳥妖，馬上開朗地說：

「不用在意那種小事。」

『雖是小事，但也是事實啊……』

這時，有輛大卡車開過堀川通。

卡車的引擎聲震耳欲聾，付喪笙看著刺眼的車尾燈，喃喃說道：

「黑夜……的確是逐漸消失了……以前天一黑，一寸前就漆黑一片了。」

「日子越來越難過了……」

魑鳥沉下臉，嘆著氣低聲咕噥。
車之輔搖晃車體，像是在鼓勵突然陷入沮喪的兩隻。
『不如……我們去京城外，尋找久違的黑夜吧？到了山裡，說不定可以找到以前那樣的一大片漆黑。』
魑鳥馬上振作起來，開心地笑了。
「啊，這主意不錯。笙兄，就這麼做吧。到了那裡，再為我們彈奏一曲吧？你很久沒彈了。」
「好啊，我很樂意。」
車之輔掀起後車帘，催促兩隻上車。
魑鳥和付喪笙一跳上車，車帘就啪沙蓋下來了。
『那麼，我們走吧。』
車之輔從堀川爬上通往馬路的斜坡，趁路上沒車時，悄悄跑了起來。

從戻橋出發後經過很長的時間了。
妖車選擇人煙稀少的路，穿越京都市內，跑到了郊外。
經過船岡山公園旁，往西北前進，直奔大文字山。
漸漸地，民房減少了，草木與綠意增加了。
入山後，幾乎沒有住家，只有登山用的小徑、山林管理員走的山路、棲息山中的野獸來來往往的獸道。

被風吹得沙沙作響的草間，傳來微渺的蟲鳴聲。

遠處有貓頭鷹的叫聲。

在市內，喧囂聲不曾斷過，幾乎快遺忘什麼是寂靜了。但是，稍微跑一段路，就有這麼富饒的大自然，還留著往昔的寂靜。

無論時代如何變遷，車之輔還是喜歡京都。

儘管已經成為很久很久以前的事，道路、建築物、活著的人的裝扮、說不定連人心或所有一切都改變了。

但是，這片土地有重要的回憶。

車之輔早已駛離鋪瀝青的道路，進入沒有路的路。它嘎啦嘎啦轉動車輪，盡可能小心不要踩到花草。

飄浮在輪子中央的鬼臉環視周遭。

『離京城很遠了，到這裡就行了……』

聽到聲音的魑鳥，正好打開輪子上方的車窗。

「我看看。啊，可是，車兄，還有零星幾戶人家，所以要小心點。」

付喪笙也爬到窗框上，與魑鳥並排。

「沒錯，三更半夜應該沒人醒著，卻聽見笙的聲音，萬一被傳成什麼怪談就麻煩了。」

對於小妖們這樣的擔憂，車之輔有點困惑地低喃：

『妖怪不就是這樣嗎……』

「喔，說得也是。」

「說得沒錯。」付喪笙露出深思的眼神，接著說：「可是……引起騷動就不好了，現在跟以前不一樣，太吵會被投訴。」

看到付喪笙不勝欷歔的樣子，車之輔也有些惆悵。

『真的呢，這世間活得越來越辛苦了……咦？』

忽然，車之輔眨眨眼睛，停了下來。

鸕鳥和付喪笙把身體探出車窗外，俯視車輪中央的鬼臉。

「車兄，怎麼了？」

「有什麼嗎？」

車之輔抬起了視線。

『鸕鳥兄、笙兄，那是什麼？你們看，那間小廟附近……』

車之輔用車轅指著小廟，制輪楔發出嘎噹聲。

「小廟？」

「啊，你是說那間？不過，山中有一、兩間小廟也不奇怪啊……嗯？」

蒼鬱的森林裡有間破舊的小石廟。應該是沒什麼人來祭拜，小廟布滿灰塵，看起來有點骯髒，到處都是蜘蛛網和枯葉。

但感覺不是一般的那種骯髒。
總覺得哪裡不對勁，像是空氣扭曲或沉滯混濁了。
小妖們定睛注視時，突然颼地捲起了怪風。
沒多久，它們看到了。
小廟前出現模糊的灰白色東西。
是扭曲或沉滯的空氣，正慢慢地凝聚出形狀。
那是——
「人嗎？」
魑鳥喃喃說道，車之輔啪沙搖晃車帘，說：
『不……好像不是……』
付喪笠插嘴說：
「可是，是人的形狀……咦？那身打扮好像看過……」
說到這裡，付喪笠倒抽了一口氣。
「啊?!」
『啊?!』
魑鳥和車之輔異口同聲大叫。
灰白色的影子逐漸成形，浮現出穿著黑色衣服、戴著烏紗帽的身影。
車之輔張大了眼睛。它見過那身衣服，它不可能忘記，那是——

『……！』

驚嚇到不能呼吸的車之輔，當場定住。

灰白色的身影在瑟瑟作響的風中，緩緩地飄過來。

隨著距離縮短，外貌的輪廓也越來越明顯，漸漸連長相都清楚呈現了。

從五官到眼角、臉頰的皺紋，都清晰可見。

那是老人家的「靈」吧？

可是，「靈」聽起來有點邪惡。

沒錯，那就是邪物。

『狩、狩衣……居然會出現在現代……』

好似層層交疊後碎裂的恐怖聲音轟然震響，蓋過了車之輔的低喃。

『你們是誰……』

邪物對著它們咆哮，彷彿從喉嚨擠出來的嘶啞破裂嗓音混濁不清。

車之輔嘎嗟嘎嗟顫抖，努力張開嘴巴。

『你……你……你是……』

不可能。不可能。絕對不可能。可是，這張臉絕對是他。

穿著狩衣的邪物，對臉色發白的車之輔嗤嗤冷笑。

『唔……唔！』

震驚到無法呼吸而氣喘吁吁的車之輔，聽見上頭響起僵硬的微弱尖叫聲。

「咿……」

「啊……啊……」

嚇到說不出話來的魑鳥和付喪笙，攀住窗框抖個不停。

邪物嘲弄地瞥三隻小妖一眼，把嘴巴抿成新月形狀說：

『我是……安倍晴明——！』

◇　◇　◇

純白車廂兩側畫著鮮豔藍線的東海道新幹線「希望號」，迎風奔馳在萬里無雲的晴空下。

坐在最右邊座位，托著下巴眺望車窗外的安倍昌浩，邊期待著能快點看到富士山，邊回想發車時遇見的幸運。

希望號正要從東京車站發車時，他發現對面月臺停著代表幸福的黃色新幹線，一般暱稱為「Dr. Yellow」。

因為這樣，他真的打從心底湧現幸福感。

今天他大早被挖起來，沒頭沒腦地受命前往京都，把自己那份早已打包好的托特包揹到肩上，就跳上了頭班車後的某班中央線列車。

新幹線的票早已買好，跟著同行的保護者兼照顧者，或說是隨從也行，反正是跟

著類似這種身分的人走就對了。他在心裡叨唸著：「算了，每次不都是這樣嗎？」一邊把托特包放到架子上時，發現了Dr.Yellow。

所以，昌浩勉強說服自己，這次會被臨時派往京都，就是為了與Dr.Yellow相遇。

到東京車站時，車站便當店已經開始營業，但新幹線就快發車了，沒時間去買。搭新幹線出遠門時，吃車站便當是樂趣之一，但這次不得不放棄。

然而，因此往上加的遺憾分數，在Dr.Yellow面前都不算什麼了。

當列車從新橫濱車站出發時，以為到京都才能吃早餐的昌浩，手上突然被放了一包用竹葉包起來的東西。

裡面是三個玄米飯糰。一個把羊栖菜、小沙丁魚、脆梅切碎混在一起的飯糰，一個把裙帶菜、白芝麻、弄碎的鮭魚混在一起的飯糰，一個加入去籽梅乾的鹽巴飯糰。形狀是漂亮的三角形，海苔是另外附加。相較於濕軟的海苔，昌浩比較喜歡酥脆口感的海苔。

還附上了可能是上車前的什麼時候先買好的寶特瓶茶飲，算是一份讓人滿意的早餐。

掃光三個飯糰，用攜帶型濕手巾把手擦乾淨，然後把垃圾拿去丟，再回到位子上就沒事做了。

昌浩看看旁邊。

就是這個在旁邊合抱雙臂閉目養神的年輕人，為了讓大早被挖起來的昌浩可以馬上出發，在更早的時間打包好行李、準備好早餐的飯糰。

這個保護者兼照顧者，或者可以說是隨從的人……不過，他並不是人，所以不該說是隨從的「人」。

他其實是居眾神之末的十二神將。

既然是神，那就是隨從的「神」囉。

不、不對，既不是隨從，也不是可以稱為搭檔的對等關係。

打從昌浩出生以來，都是他和他的同袍們在照顧昌浩、協助昌浩、陪昌浩學習、鍛鍊昌浩、教會昌浩種種事情。

總之，絕對是昌浩一輩子都抬不起頭的存在。

他是從很久以前就待在安倍家的十二神將之一——火將騰蛇。不過，昌浩都叫他紅蓮。

叫騰蛇或紅蓮，是看剛開始學會說話時先記住哪一個名字。

凡是生在安倍家的人，都是這樣作選擇的。昌浩聽說，只有祖父和自己是先記住紅蓮這個名字。

不過，這只是在昌浩所知道的人們當中。以前的祖先當中，也有好幾個是這樣。

是的，被稱為神的十二神將，待在安倍家好幾年、好幾十年、好幾百年了。

因為是神，所以不會老，一直維持以前的樣貌。

昌浩知道，紅蓮即使閉著眼睛也不是在睡覺。保護昌浩也是他的工作，所以除非待在安全場所，否則他絕不會有半刻的鬆懈。

紅蓮的個子很高，肌膚黝黑，顯然不是日本人的膚色。眼珠是深榛子色，有點長的散亂頭髮是淺色，在陽光下會偏向紅色。

這是因為以人身現形，若是恢復十二神將的原貌，據說膚色會更深、頭髮會是濃烈的火焰紅、眼珠會是暗金色、耳朵會是尖的。

這都是傳聞，不知道是真是假。因為包括紅蓮在內的十二神將恢復原貌的模樣，安倍家的人幾乎都沒見過。

自動門敞開，車掌走了進來。

紅蓮在同一時間張開眼睛，把手伸進牛仔褲的口袋，忽地皺起眉頭。

「票、票……」

他先找牛仔褲前面的左右口袋、再找後面的左右口袋，然後搜尋放在架子上的托特包的口袋，眨了眨眼睛。

「找到了、找到了，拿去。」

他遞出兩張車票，車掌很快檢查完畢，交還給他。

「謝謝。」

「不客氣。」

昌浩斜眼看著接過車票的紅蓮，開口說：

「我一直在想……」

紅蓮默默把視線轉向他。

「如果你變成小怪的模樣，不是只要買我的一張車票就行了嗎？」

小怪是長得像動物的東西，十二神將騰蛇非常非常偶爾會變成那個模樣。

可以說是異形或變形怪吧。大小像是小狗或大貓，一身純白色的毛，額頭上有紅花圖騰，脖子上圍繞著一圈紅色勾玉般的突起，四肢前端有五根黑色爪子。其他還有長尾巴、長耳朵，雙眼猶如擷取自夕陽，透明清澈。

這東西為什麼叫小怪呢？

昌浩懂事後第一次看到它的樣貌，搞不懂它是什麼生物，還來不及思考學會的辭彙，就脫口而出叫它「怪物小怪」了。

結果，不知道為什麼頭被敲了一拳。

在旁邊看的神將們都苦笑著說：「怪物小怪啊？不錯啊。」紅蓮雖擺出一張臭臉，卻也沒反對。

後來才聽說，在安倍家，每隔幾代就會出現這麼叫的人。

某天，祖父晴明偏頭思索說：「應該是血緣中傳承的記憶吧。」

「交通費……」

紅蓮低聲咕噥，昌浩點點頭。

因為紅蓮是扮演一手扛起安倍家家計的金庫角色，所以昌浩自認為這是非常好的主意。

紅蓮卻瞇起眼睛搖搖頭說：

「國中生在非假日一個人搭車，會不容分說被輔導老師帶去輔導吧？」

「解釋清楚就行了吧？」

昌浩似乎不接受那樣的說法，紅蓮嘆口氣說：

「一般旅行就算了，這次是為了工作，要盡量避免麻煩。」

「說得也是。」

聽起來確實有道理，所以昌浩就乖乖退讓了。

看到紅蓮又閉目養神，昌浩調整坐姿緊靠椅背。

到名古屋車站，還要三十多分鐘。京都車站是名古屋的下一站，從名古屋到京都大約三十分鐘。

所以還要一個小時。

好閒。

呆呆望著窗外的昌浩，忽地眨眨眼睛。

「對了，我上小學前，曾經大家一起去住本家吧？就是在成哥、昌哥放春假的時候。」

昌浩有兩個哥哥。一個是大他十四歲的大哥成親，一個是大他十二歲的二哥昌親。

紅蓮張開眼睛看著昌浩。

「嗯，有過。」

「彰子也在，我們去了伏見稻荷、在電影村化裝，記憶深刻。」
想起快樂的回憶，昌浩自然笑逐顏開。
紅蓮卻露出了苦笑。
「那不叫化裝，叫角色扮演。」
「都一樣啊。那時候，紅蓮是扮成弁慶吧？」
聽到昌浩這麼說，紅蓮滿臉驚訝。
「你那麼小居然記得。」
「是後來成哥告訴我的，那很好玩呢。」
那時哥哥們都還一起住在東京的家，現在他們都獨立出去，住在京都。
昌浩還清楚記得，他們邊看整理倉庫時找到的照片，邊津津樂道這是怎樣那又是怎樣。
紅蓮與開心懷念過去的昌浩成對比，半瞇起了眼睛。
「好像是吧……」
「嗯？」
昌浩覺得紅蓮的回應不對勁，詫異地偏起了頭。
「咦，我說了什麼不該說的話嗎？」
雖然完全沒概念，但好像是這樣。
紅蓮乾笑幾聲說：

「沒有啦。嗯，是很好的經驗，嗯。」
硬擠出來的笑容最可怕。仔細看，一邊嘴角還在微微抽動呢。
「紅蓮？」
「沒什麼，真的是美好回憶，嗯。」
這種說法，怎麼聽都有自暴自棄的味道，昌浩驚慌地東張西望。直覺告訴他，完蛋了，再深入追究，八成會陷入「在絕不能進入的地雷區全力奔馳」的窘境。
「咦……啊、啊！那時候，彰子是扮成小公主，好可愛。我是扮成牛若丸吧？」
連昌浩自己都覺得自己是在刻意轉換話題，但紅蓮似乎打算配合他的用心，半瞇著眼睛回應：
「是啊。」
「回家後找找照片吧，有照片吧？」
「有吧，應該收在哪裡。」
上次找到後，應該收回倉庫了。如果沒人動過，就還在倉庫某處。為了防濕氣，應該是收藏在桐木箱或桐木櫥子裡。
昌浩會這麼想，是因為整理倉庫也是由十二神將負責，其中性格一絲不苟的神將會特別留意這種事。
可能是十二神將中的六合、天一、天后，或白虎，也可能是所有十二神將。
從很久以前，安倍家就會接很多政界、財界的工作，收取相對的報酬。擁有的土地面積、建築物也非常廣闊。與同學相比，差異懸殊到難以置信。
但是，昌浩從小就聽說，這些都是用生命換來的正當所得。
安倍家的祖先，代代都是以陰陽師為業。現在的親族當中，又以祖父晴明的能力最強。
這個祖父和十二神將，對昌浩和昌浩的兩個哥哥，進行了難以言喻的幾近虐待的殘酷訓練。
幸好沒造成精神創傷。因為快造成精神創傷時，他們會馬上進行破除精神創傷的訓練，所以沒造成問題。
不採取會留下後遺症的拙劣訓練，是安倍家的訓練鐵則。
該怎麼說呢，或許該說人類有很強的適應力吧。
言歸正傳。
連悲哀、痛苦、難過的種種，都差點跟著快樂的角色扮演的回憶跑出來，所以昌浩把那些都慎重地請回記憶深處後，再小心地詢問紅蓮：
「當時發生過什麼事嗎？」
紅蓮皺起了眉頭。
「是啊，很棘手。」
連十二神將中最強的紅蓮都說棘手，可見是大事。
究竟是怎麼樣的大事發生在紅蓮身上呢？

「我不知道的事？」
「對。」
從表情可以知道，當時的情景正如跑馬燈般從紅蓮腦中流過。
門突然敞開，進來的是車內的販賣推車。
「你要喝什麼嗎？」
紅蓮指著推車，昌浩瞄一眼販賣單說：
「呃，柳橙汁。」
紅蓮點個頭，微微舉起了手。
「麻煩一下。」
推車停在他們旁邊，年輕女性販賣員笑容可掬地回應：「是。」
「請給我們柳橙汁和熱的黑咖啡。」
「好的。」
回應的販賣員很快備好了柳橙汁的寶特瓶，動作非常利索。
「共五百圓。很燙，請小心。」
紅蓮付完錢後，把桌面拉出來。販賣員把柳橙汁的寶特瓶和裝著滾熱咖啡的紙杯交給了紅蓮。
「謝謝。」
「不客氣。」

昌浩也跟著點頭致意後，推車又緩緩動了起來。

後面有聲音叫住了販賣員，含笑回應的聲音逐漸遠去。

「拿去。」

「謝謝。」

昌浩選擇柳橙汁，是因為覺得維他命C不足。不過，寶特瓶的果汁也只是安慰劑而已。

對著咖啡吹氣把咖啡吹涼的紅蓮，忽地瞇起眼睛說：

「對了，六合說新幹線上的咖啡豆，上行列車與下行列車不一樣。」

昌浩瞪大了眼睛。

「唷，六合居然會知道這種事。不過，話說回來，車內販賣的東西不便宜呢，早知道就自己帶了。」

家裡的冰箱應該有蔬果汁。

才十三歲，說話就像個已成家的人，聽得紅蓮苦笑起來。

「又不要你付錢，不用擔心。」

「話是沒錯啦……幾點會到京都？」

昌浩看一眼手錶，時間還不到八點。

紅蓮也看一眼左手上的手錶。那只錶傷痕累累，看就知道歷史久遠。

兩人戴的都是簡單耐用的軍用錶。他們的工作大多需要跑來跑去，從小小的碰撞

到無法想像的衝擊，都大有可能經常遇到，所以錶必須夠堅固，才不會因為一點意外就損毀。

紅蓮戴的是漢米爾頓，昌浩戴的是威戈。昌浩的威戈是上國中時，兩個哥哥和某位大哥送給他的入學禮物。

「大概還要一小時吧，你可以睡覺，我會叫醒你。」

「哦，是嗎？那麼……」

正要把椅背倒下來時，架子上的托特包忽然動了一下。

聽到聲音的昌浩皺起眉頭，看到包包裡好像有東西在動。

「什麼啊？」

昌浩滿臉驚訝，旁邊的紅蓮砰地拍一下手說：

「啊，把它忘了。」

紅蓮剛要站起來，托特包就自己打開了，從裡面跑出一個黑影。

「你要把我關在那麼窄的地方關到什麼時候啊！」

跳下來的是大到要雙手才抱得住的黑鳥。

昌浩有點被嚇到，張大了眼睛。

「哇……」

降落在桌面上的鳥，生氣地逼向紅蓮。

「把我忘了是什麼意思！」

「抱歉、抱歉。」
「沒誠意！」
鳥對敷衍道歉的紅蓮大發雷霆，昌浩看著它，暗暗思忖：
啊，難怪托特包那麼重，還散發出妖氣般的氣息。
他猜測可能是跟工作相關的什麼東西，沒想到是鳥妖。
鳥的眼睛一團黑，散發著不算強的妖氣。
昌浩是第一次見到它，但紅蓮好像跟它很熟。
察覺到視線的紅蓮，看昌浩不發一語，就把鳥體轉向他說：
「它是很久以前就住在京都的小妖，名叫……」
「我叫魑鳥。」挺起胸膛自己報上名字的鳥妖，橫眉豎眼地說：「你要睡覺？」
魑鳥從桌面飛到昌浩膝上，大大張開了嘴巴。
「真受不了你，發生這種大事，你還能這麼悠哉。」
「你要說我悠哉我也沒辦法……啊，要不要喝？」
昌浩試著遞出柳橙汁，魑鳥的表情就整個變了。
「哎唷，可以嗎？那麼，我就喝一點……喲，很好喝呢……先不說這個。」
魑鳥又怒目而視，彎起雙翅抱住了頭。
「昨天天剛亮時，我就衝進了京都的安倍家，結果本家的吉平對我說『最好去找東京的分家』。我馬上攀住新幹線前往關東，靠著本家給的地圖，昨晚半夜才到達分家。

順帶一提，迎接我的是那個沉默寡言的式神。」
說到沉默寡言的式神，只會想到一個人。應該是六合。
「哦，是嗎？」紅蓮點點頭說：「啊，你飛到的時間，剛好是六合回到家的時間。」
魑鳥大大張開翅膀說：
「我十萬火急地趕來，你們卻感覺不到事情的嚴重性。這竟然就是安倍家族的子孫，我看世界末日快到啦，唉。」
聽到魑鳥感嘆萬千的一番話，昌浩的心情都糾結起來了。
「有必要說成這樣嗎？」
昌浩是習慣與妖怪相處的安倍家族的孩子，早就被訓練成不管妖怪說什麼話，心情都不會受影響。但是，那句話實在聽不下去。
假如他自認沒有理由被這樣無端責難，心有不甘，又有誰能責怪他呢？
「當然有必要。喂，式神。」
魑鳥轉身把一隻翅膀指向紅蓮。
認為事不關己，從自己的袋子拿出讀到一半的文庫本，正要翻到夾著書籤那一頁的紅蓮，不悅地回應：
「幹嘛？小妖。」
魑鳥開始炮轟眼神呆滯的紅蓮。
「我叫魑鳥、魑鳥。你在幹嘛啊？一副事不關己的樣子打開書本。真是的，竟然對幾十年不見的老相識這麼冷漠，嗚嗚嗚。」

聽完魑鳥這番話，紅蓮露出了苦到不行的苦瓜臉。

「別動不動就哭，煩死人了。」

然而，魑鳥沒停下來。

「看到式神變成人類的模樣，我很吃驚，但以為式神應該不像以前那麼冷漠了，沒想到還是一樣冷漠，嗚嗚嗚。」

半瞇起眼睛的紅蓮低聲咒罵：

「這小子……」

聽著他們對話的昌浩，眨眨眼說：

「你們……很熟？」

魑鳥骨碌轉向昌浩，用力點頭，張大黑漆漆的眼睛。

「是啊，我跟這個式神，已經認識近千年了。」

「哦——」

真的夠久了。

「以前這傢伙很可怕，我被瞪一眼，就會嚇得縮成一團……」

說到這裡，魑鳥不經意地瞄了紅蓮一眼。

被瞄的紅蓮，無言地瞇起眼睛，狠狠反瞪回去。

儘管時間很短，但非常兇狠，鳥妖發出顫抖的叫聲，縮成了一團。

「現、現在也一樣，很可怕……」

魑鳥收起翅膀，縮成了一小團。昌浩說沒事、沒事，邊拍拍魑鳥，邊告誡紅蓮。

「紅蓮，這樣嚇它，很可憐耶。」

「是它先說了沒禮貌的話。」

看樣子，紅蓮是被惹惱了，完全沒商量的餘地。

「或許是這樣沒錯，但你畢竟是堂堂十二神將，嚇這種小妖，也太難看了。你紅蓮不是十二神將最強的鬥將嗎？」

說得有道理。

看到紅蓮啞口無言，魑鳥才鬆懈下來，抬頭望著昌浩。

「對了，小朋友。」

昌浩挑起了眉毛。

「別叫我小朋友，我叫昌浩。」

已經是十三歲的國一學生，不想再被叫小朋友了。

「昌浩是嗎……可以這麼叫你的話，我就這麼叫……」

這句話似乎別有含義，魑鳥說完瞄了紅蓮一眼。

神將嘆著氣說：

「隨便你。」

鳥妖暗自竊笑。

「那麼，我就不客氣了。昌浩，你不用去學校嗎？」
現在的小妖都知道，在人類的世界，小孩子非假日都要去學校。
「應該要去，可是，爺爺說不用去就可以不去。」
「這樣啊，那就好。」
昌浩心想還會關心我呢，有點小感動。
「說正事吧，我要知道事情的詳細內容。你到我家時，我已經睡了。醒來時，爺爺叫我去京都，我就馬上出門了，所以什麼都不知道。」
昌浩一說，魑鳥就倒抽一口氣，開始劇烈顫抖。
「出現了可怕的靈……」
昌浩暗忖：
居然有害怕靈的妖怪。不管是多小的小妖，畢竟是妖怪。
這樣對嗎？

◇ ◇ ◇

到達京都的一行人，先把行李暫時寄放在投幣置物櫃裡，再搭市公車去第一個目的地。
那就是堀川通旁的一条戻橋。

戾橋旁邊就有一個公車站，站名是「一条戾橋．晴明神社前」，名字取得非常直白。
去祭祀祖先的神社前，昌浩他們先走過了戾橋。
「唷，這就是戾橋啊，我第一次來呢。」
這是事實。搭公車或其他車經過戾橋是有過，但沒有特地來過。
「因為很少來京都的本家啊……嗯？」
一隻手按著脖子後面的紅蓮，忽然向四處張望。
從橋下傳來嘎噠嘎噠聲。
「車轄？」
低喃的紅蓮把手搭在欄杆上，俯瞰橋桁下方，看到一輛大牛車緩緩從陰影中走出來。
昌浩跟著紅蓮往橋下看，站在他肩上的魑鳥叫了起來。
「啊，車兄！」
車之輔停下車輪，前後左右張望。半晌後，把視線往上移，終於看到了魑鳥。
『啊，魑鳥兄，您回來了……啊。』
車之輔張大了眼睛。
「啊。」
紅蓮低嚷。
昌浩是第一次來這座橋，紅蓮也很久沒來過了。

猛然停止的牛車的前車帘掀起來，出現了笙的身影。

「怎麼了？車兄……啊，式神。」

昌浩眨了眨眼睛。

那輛大牛車絕對是妖車。從裡面出來的東西，是雅樂用的樂器笙。

那支笙長出了細如竹條的手腳，仔細看，器體前面也開著像是雙眼的洞。

這也是一種妖怪，被稱為付喪神。

昌浩交互看著小妖們和紅蓮。

「咦，怎麼，你們認識？」

紅蓮目不轉睛地俯視著妖車，發出感慨萬千的低喃。

「你還活著啊……」

說這麼無情的話，真的太過分了，魑鳥聽不下去，板起了臉。

「式神，這麼說有點過分吧？」

車之輔驚訝地倒抽一口氣，發出嘎噠嘎噠聲一舉衝上斜坡，順勢往上跳。

響起更大的嘎咚聲在橋上著地的妖車，奔向配合它改變身體方向的紅蓮。

『式、式神、式神大人！』

車輪在距離神將三十公分的地方停下來，位於中央的鬼臉劇烈扭曲，從雙眼溢出超大顆的淚珠。

『好……好……好……好久不見了……您好嗎？式神大神……』

車之輔的視線被閃過視野角落的臉龐吸引過去，就那樣停止了呼吸。
『主人？』
昌浩詫異地偏起頭。
「車子的……妖怪？」
『……！』
聽見昌浩的低聲咕噥，車之輔臉色發白，車體嘎噹嘎噹顫抖起來。
鸍鳥啪沙啪沙飛向車之輔，停在車輪前，仔細說給車之輔聽。
「車兄、車兄，你聽我說，車兄，他是另一個人，只是長得很像。」
車之輔緩緩張開了嘴巴。
『另……一個人？』
技術高超地停在半空中的鸍鳥點點頭說：
「是的，從那時候到現在已經一千年了。」
車之輔眨了好幾下眼睛後，注視著鸍鳥、紅蓮和昌浩。
『啊……說得也是……嗯，的確是這樣，知道了……』
車之輔像是在說給自己聽，不停地點頭。
掀開前車帘出來的付喪笙，直盯著昌浩看，感嘆地說：
「可是，真的好像……」
聽不懂他們對話的昌浩，環視小妖一圈，眨了眨眼睛。

「咦？像誰？」
這時，紅蓮嘆了一口氣。
「很久以前，大約一千年前，安倍家有個跟你很像的人。」
這句話算是做了說明，昌浩露出理解的表情。
「哦，一千年啊……呃，是平安時代嗎？」
「對，你記得很清楚嘛。」
面對紅蓮的稱讚，昌浩挺起胸膛說：
「學校教過啊。那麼，紅蓮，你也見過藤原道長囉？」
紅蓮「嗯」地沉吟。
「有沒有見過呢……嗯，算見過吧。」
「哦，他是怎麼樣的人？」
看到昌浩興致勃勃眼睛發亮的樣子，紅蓮在遙遠的記憶中搜尋。
「身為權力者的道長，幾乎就是史實的模樣。至於史書中沒有記錄的私下的道長，是個很顧家的男人。」
出乎意料的答案，讓昌浩瞪大了眼睛。
「哦，他不像是那種人呢。」然後，昌浩有了更深的體會。「紅蓮，聽你們說那些事，就深深覺得，你們真的活過了千年呢。」
紅蓮和其他神將一有機會就會告訴昌浩很多事，但是，對活在現代的昌浩來說，那些事聽起來都很遙遠。

因為跟自己沒有直接關係，所以，昌浩常常只覺得是被埋沒、被隱藏在歷史裡的軼聞。

不過，昌浩心裡明白，有感覺遙遠的歷史的累積，才能有現在。

昌浩把視線轉向小妖們。

「聽這位鱷鳥說，我家祖先變成了惡靈之類的東西，你們都跟它一起看見了嗎？」

牛車妖怪點點頭，回應昌浩的確認。

『是、是的。在那邊的深山裡，有間小廟。那裡有個怨氣沖天的可怕惡靈……』

很認真地盯著鬼臉嘴巴看的昌浩，維持那樣的表情轉向了紅蓮。

「呃……紅蓮。」

「嗯？」

「這個車妖在說什麼？」

紅蓮眨了一下眼睛。

「你也是啊？」

昌浩疑惑地皺起眉頭。

「也是什麼？」

紅蓮輕聲嘆息。

「沒什麼，我自言自語。」

從「一千年前有個誰誰」說起，就要說很久很久，所以，紅蓮暗自決定等以後有機會再說。

紅蓮瞥一眼妖車，說：

「它說的話，跟魑鳥在新幹線上說的話幾乎相同。」

「這樣啊，可是……」昌浩蹙起眉頭，合抱雙臂說：「怎麼知道那是我們祖先的靈呢？」

這時，付喪笙舉手發言。

「靈自己報上了名字。」

「啊？」

紅蓮反射性地叫出聲來，昌浩也張大了眼睛。

「自己報上了名字？」

笙把器體向前傾，再倒回來。可能是因為構成器體的竹管不能彎曲，所以，以那樣的動作表示點頭。

「是的，它說它是安倍晴明……」

「——」

昌浩神情困惑地望向紅蓮。

「特地自己報上名字……」紅蓮覺得難以理解，瞇起眼睛說：「簡直就像在說自己不是安倍晴明。」心裡暗自咕噥：「而且……」

而且，晴明根本不可能出現在那種深山裡，因為那傢伙……

紅蓮把視線朝向某處時，昌浩似乎想到什麼，開口說：

「欸，紅蓮，為什麼吉平伯父說來東京找我們比較快呢？」

昌浩會有這樣的疑問很正常，不過，紅蓮已經大概猜到理由了。

「應該是為了確認真偽吧？我們十二神將認得本人。」

約莫一千年前，將十二神將收為式神的人，就是安倍晴明。

昌浩砰地拍了一下手。

「原來如此！」

沒錯，他們的確是再適合不過的審查員。

「那麼，紅蓮，你怎麼看呢？」

紅蓮滿臉詫異，把視線轉向這麼問的昌浩。

「你以為那傢伙可能在那種深山裡變成惡靈嗎？那裡就有祭祀那傢伙的神社啊。」

紅蓮把手指向馬路對面的石造鳥居，昌浩點點頭說：

「也對……那位祖先大人可是個名人……」

名人被冒名是常有的事。

「當成是繳名人稅也行，但誰的名不好冒偏偏冒他的名……」

紅蓮一副不屑的樣子，深深嘆了一口氣。昌浩也以同樣的表情面向他說：

「真想叫對方別再冒名了，我的祖先大人一定也很不樂意。」

然而。

紅蓮說了出乎意料之外的話。

「不，那傢伙十之八九樂在其中。」

昌浩大吃一驚，張大了眼睛。

「咦，是嗎？原來祖先大人是那樣的人?!」

「該不該說是那樣的人呢……」

小妖們都默默聽著昌浩與紅蓮之間的對話逐漸轉向意外的方向。

『雖然長得像……但不一樣。』

魑鳥對這麼竊竊私語的車之輔用力點頭。

「對吧？我第一次見到他時，也嚇了一大跳。」

「不過，聽說靈魂會巡迴，所以也有那種可能性吧？」

付喪笙知道不可能，這麼說只是為了安慰感傷的車之輔。

車之輔緩緩眨了一下眼睛。

它知道，靈魂巡迴只是一小部分，不可能有百分之百的重生。

實在太像了，真的把它嚇到了。

『但是……』

不論外表有多像、不論行為舉止有多像，都不是千年前車之輔豁出性命跟隨的主人。

『他果然不是在下的主人。』

十分平靜的語氣，反而讓小妖們更覺得難過。

「車兄……」

它們不知道還能說什麼，正忙著找話說時，聽見昌浩叫喚。

「喂，小妖們。」

它們轉移視線，看到昌浩和紅蓮正走向崛川通的斑馬線。

「我們先去那裡的神社參拜完後，你們再帶我們去深山裡的小廟吧？」

魑鳥揮揮一隻翅膀說：

「好啊、好啊，你們去吧。」

「我們去囉。」

這時候，斑馬線的紅綠燈正好轉為綠色。

◇　◇　◇

拜完祖先的神社正要離開時，昌浩的肚子大聲叫了起來。

大早出門到現在，只吃了三個飯糰、喝了茶和柳橙汁。

正在發育的少年，只吃這樣撐不了多久。

想到空著肚子，在危急時很可能被惡靈附身，他們臨時決定先去吃午餐。

從神社經由崛川通往北走，在元誓願寺通往西轉，走一小段路後，再從大宮通的十字路口往北走，有一家店面高雅的腐皮料理店。

這家店很有名，不用說名字，知道人就知道。

「可是，也有像我這樣的人，不會一一記住店的名字啊。」

昌浩握拳強力辯駁，拿他沒轍的紅蓮只能應和他。

「是、是，店名是靜家。」

「對，靜家！」

紅蓮判斷，這家店超有人氣，貿然衝過去很危險，所以先打電話確認有沒有位子，幸好訂到了位子。可能是非假日，所以還有空位。

若是週末假日，幾天前就要訂位，不然一位難求。

「下次要記住店名。」

「知道啦。」

掛在店門口的布簾上，印著朱紅色的店徽，是五個圓圈圍住中間一個小圓圈的梅鉢圖紋。

「這叫星梅鉢吧？」

「是吧？我也不太清楚。」

邊鑽過布簾邊歪頭思考的紅蓮，忽然轉向了後面。

「我們吃完前，你們就待在橋那邊吧。」

魑烏和付喪笙，從一直跟到這裡的車之輔的車內探出頭來。

「你們還真悠閒呢。」

「就是嘛，這樣好嗎？那個假冒祖先的不肖之徒，說不定現在這個瞬間也在做壞事呢。」

「他的子孫居然還能悠閒地吃午餐，實在令人悲嘆，嗚嗚嗚嗚。」

「式神也不應該，怎麼可以悠哉到這種地步呢？最好讓你吃點苦頭！」

小妖們你一言我一語地炮轟。載著它們的車之輔，驚慌失措不知道該說什麼，支支吾吾地動著嘴巴。

「紅蓮，怎麼了？」

紅蓮聽見先走進裡面的昌浩疑惑的叫喚，聳聳肩表示沒事。

花時間慢慢品嘗完腐皮全餐，走出店外，已經快下午三點了。

面對事情，保持遊刃有餘的心情，也非常重要。

假冒祖先名字的邪物，出現在京都的西北，以五山送火聞名的左大文字的大文字山附近。

昌浩他們先搭公共交通工具到可以到達的地方，再換搭妖車。

加上魑烏和付喪笙，車內空間會有點窄，所以紅蓮變成很久不見的小怪。

確定所有人都搭上車了，車之輔才小心地起跑。

但是，不管車之輔本身多小心，馬路的不平整還是會直接傳達到車內。

小怪抓著高欄，滿臉不悅。

「還是搖晃得厲害。」

抓著立桿與把手的昌浩眨了眨眼睛。

「小怪搭過啊……好痛！」

「說話會咬到舌頭。」

用力咬到舌頭的昌浩，痛到眼睛噴淚。

「你早說嘛……」

小怪抿嘴奸笑。

「不過，我幾乎沒有以原貌搭過，因為太窄了。」

這時，車之輔懷念地開口說話了。

『就是啊，這樣子很像回到了從前。』

魑鳥和付喪笙巧妙地維持著車子的平衡。

「式神現在也會變成這個樣子啊。」

聽到魑鳥感慨的低喃，昌浩張大了雙眼。

「唷，你們都知道小怪呢。」

付喪笙把器體向前傾倒，說：

「以前你常變成這個樣子吧？式神。」

小怪漫不經心地回應：

「哦，是啊、是啊，沒錯、沒錯。」

這樣東聊西聊沒多久，車之輔逐漸放慢速度，震動也緩和了。

『快到了。』

妖車響起嘎噹聲停下來了。

昌浩和小怪掀開前車簾跳下來，付喪笙和鬿鳥也跟著跳下來。

由腕上的手錶和天空顏色，可以確定接近黃昏了。

環視周遭的昌浩，看到了破舊骯髒的石造小廟。

「就是那間小廟啊……」

聚精會神地探測，就能感覺到無法形容的邪惡氣息。

「的確有什麼東西在那裡。」

在昌浩旁邊擺出低姿勢的小怪，敏銳地說：

「小心點，昌浩。」

「嗯。」

黃昏的色彩漸濃，是最看不清楚東西的時刻。

晝與夜的分界將至，是所謂的逢魔時刻、大禍時刻。

調整呼吸並提高警覺的昌浩，眼皮忽地顫動起來。

太陽一沉入山背，就颳起了陰森森的風。

在稍遠處屏氣凝神旁觀的車之輔，不由得張嘴說：

『式神大人，要小心啊……』

小怪眨個眼，啪唏甩動了長尾巴。

「你在對誰說啊？」

語調非常平靜，車之輔卻嚇得臉色發白跳起來。

『對、對不起，說溜嘴了。』

小怪回頭看眼睛含淚的車之輔，暗自竊笑。

「你真的一點都沒變呢，車之輔。」

就在這時候。

從小廟冒出令人毛骨悚然的煙霧。是瘴氣。

周遭附近也有瘴氣聚集過來，在小廟上方捲起漩渦。

半晌後，從大大膨脹的漩渦中央，出現一個身穿黑色狩衣、頭戴烏紗帽的邪惡東西。

風一下子變冷了。

黏稠的空氣悄然靠近昌浩他們，纏住了他們全身。忽然，身體變得好重，彷彿穿上了鉛製的鎧甲。

沉甸甸的重壓，把昌浩壓得臉都扭曲了。

邪物側眼斜視昌浩與小怪。

『我是……安倍晴明……』

昌浩看著高舉雙手猙獰嗤笑的邪物，心情正好與恐懼、害怕相反。

「真、真的報上了名字……」

旁邊小怪的心情也跟他差不多。

「嗯……很像畫出來的冒牌貨。」

儘管被壓得皺眉擠眼，昌浩仍掩不住失望。

「我還以為……會更像一點呢。」

「就是啊，以為報上名字我們就會相信，也太天真了。」

「就是嘛。」

邪物暴躁地瞪著嘰哩呱啦暢所欲言地發表老實感想的小孩和白色異形。

『祭祀我！把我安倍晴明供奉為神！』

眼睛半瞇的小怪，啪唏甩了一下白色尾巴。

「不對吧？你很早以前就被供奉為神啦。」

昌浩和小妖們都默默點頭，贊同小怪冷靜簡短的回答。

邪物散發出來的邪氣逐漸增強。

捲成漩渦籠罩小廟的瘴氣蔓延開來，氣流狂亂，颳起了飇風。

瘴氣分裂成好幾條，如長刃般襲向了昌浩他們。

昌浩也有點慌了。

「哇！沒想到這麼強！」

小怪大叫：

「昌浩！築起屏障！」

「我知道，禁！」

昌浩結刀印，橫向畫出一直線，便從線上升起光的屏障，一一擊碎了瘴氣之刃。

邪物面目猙獰地怒吼。

『哼！竟敢反抗我！』

高舉的雙臂迸出了更多的瘴氣，捲起漩渦。

小怪瞇起眼睛，把耳朵往後甩，開口說：

「喂，你是什麼人？」

被淡淡語氣這麼問的邪物，把嘴巴歪成新月形，回說：

『安倍晴明！』

小怪再問。

「你是什麼人？」

被沉靜但犀利的眼神一瞪，邪物似乎有點畏縮了。

『安倍……晴明……』

小怪以更具威力的嗓音問了第三次。

「你是什麼人？」

邪物張開了嘴巴，但再也答不出來了。

嘴巴張合幾次後，嚴重扭曲，很快就露出了尖牙。

『哼……唔唔、唔唔唔……可惡！』

邪物突然不顧形象地飛撲過來，漸漸暴露出潛藏在那個身影裡面的四隻腳野獸。

躲在妖車後面觀看的魑鳥大叫：

「啊！那個靈的外表變了！」

付喪笙點點頭，張大了眼睛。

「真的露出原形了！」

在捲成漩渦的瘴氣的餘波中，緊閉眼睛忍受痛楚的車之輔，緩緩抬起眼皮。

『式神和安倍的孩子呢……』

它找著昌浩，看到他正以雙手結印。

「南無馬庫桑曼達、吧沙拉旦、顯達馬卡洛夏達索瓦塔亞溫、塔拉塔坎漫！」

是不動明王的真言。

披著人皮的四隻腳野獸狂吼吶喊。

『我竟然會被你這樣的人……我竟然會……』

小怪滑入齜牙咧嘴衝向昌浩的野獸前面。

「就憑你這種水準，不要自稱是安倍晴明嘛，三流怪狐。」

聽到小怪超級不悅的口吻，昌浩眨了眨眼睛。

「狐？啊……真的呢。」
定睛細看，果然如小怪所說。
是誆人、騙人、剝奪生氣的野狐。
原形畢露的野狐惱怒抓狂。
『可惡！』
咆哮著撞擊屏障的野狐，硬生生撞碎以靈力編織而成的光壁，逃之夭夭。
昌浩和小怪都很意外。看來，火災現場的蠻力，也能套用在妖怪身上。
但也僅止於這樣。
昌浩又結起刀印，磨亮靈力。
「即便我家祖先有狐之子的傳說，也不准你這隻野狐假冒我祖先！」
『少囉唆少囉唆少囉唆少囉唆！』
昌浩冷靜迎戰大喊大叫著橫衝直撞過來的野狐。
「臨兵鬥者，皆陣列在前！」
在唸完的同時，全力揮下高高舉起的刀印。
發射出去的靈力之刃，把野狐砍成了兩半。
『哇啊啊啊——！』
垂死掙扎的慘叫聲響徹山中。
被光芒包圍的野狐碎片，變成粉末四散，如閃閃發亮的沙塵般飛揚，沒多久就跟

最後殘留的瘴氣一起消失不見了。
恢復寂靜的山間，響起石造小廟碎裂瓦解的聲音。
看著形體逐漸消失的小廟，付喪笙喃喃咕噥：
「小廟……」
吹起一陣風，把小廟的殘骸都帶走了。不是剛才飄蕩在空中的冰冷黏稠的瘴氣，而是涼爽清澈的風。
確定小廟的瘴氣和野狐的妖氣都消失了，小怪鬆了一口氣。
「結束了。」
鸕鳥啪沙飛到如釋重負的昌浩的肩上。
「喂，昌浩，那東西到底是什麼？」
昌浩思考了一下。
「嗯……是想變成神的野狐吧。它可能以為假冒祖先成為名人，就會被供奉為神。」
雖是陰險毒辣的企圖，但順利釣到好騙的冤大頭，說不定會成功。至少那隻野狐並不是只會虛張聲勢沒什麼能力的妖魔，妖力還算不錯。
『唉，真是……』
究竟該驚嘆呢？還是該害怕呢？
不知道該說什麼的車之輔，嘎唏嘎唏傾軋車轄。
為了謹慎起見，昌浩在不留痕跡的小廟原地拍手擊掌，然後「嗯——」地伸個懶腰。

「對了，小怪。」
小怪把頭扭向昌浩。
「嗯？」
「我家祖先真的是狐之子嗎？」
小怪裝模作樣地說：
「這個嘛，保留一點神秘感比較有趣吧？」
昌浩得不到想要的答案，有點不滿。
「是這樣嗎？」
「是啊。」小怪抿嘴一笑，對小妖們說：「好，大功告成，回家了。」
付喪笙叫出聲來。
「咦，不會是要當天往返吧？」
昌浩回它說：
「不是啦，我們要在本家住一晚，明天回去，當天往返太累了。」
魑鳥露出贊同這句話的眼神。
「就是啊，即使是搭那個新幹線，關東還是很遠。」
然後，昌浩帶頭，接著是小怪、付喪笙，最後是魑鳥，依序坐上牛車。
『大家都上車了吧？那麼……』
妖車跑向很多燈逐一亮起的市內。

◇　◇　◇

這天晚上，昌浩和紅蓮住在久違的本家。

繼承本家房子的伯父夫妻，都很開心地接待他們。

雖然很臨時，但因工作關係住在京都的昌浩的雙親，還是調整行程，趕來與昌浩一起吃飯，談天說地。

昌浩的父親吉昌，在京都經營律師事務所。

以前是母親露樹的父親的事務所，也就是吉昌的岳父的事務所。

六年前，岳父決定退休，把事務所交給了吉昌。同時，也直接接收了岳父的顧客，所以考慮到便利性，夫婦倆就搬到京都了。

因此，安倍家的人只有晴明和昌浩住在東京的分家。但是，有十二神將在，所以沒什麼不方便。

吉昌夫婦說隔天大早就有事要忙，吃完飯就回家了。

目送雙親回家後，昌浩因為隔天要早起，洗完澡後從壁櫥拿出棉被鋪好，就躺下睡覺了。

因為長距離移動很累，他才閉上眼睛三秒就鼾聲大作了。

聽見夜晚的蟲子在庭院鳴叫的聲音。

昌浩張開惺忪睡眼。

「唔……幾點了？兩點多啊……」

枕邊的軍用錶顯示，已經半夜兩點多了。

眨著眼睛往旁邊墊褥看的昌浩，抬起了快闔上的眼皮。

「咦……紅蓮？」

墊褥沒有使用過的痕跡。

昌浩鑽出棉被，拉開房間與面向庭院的外廊之間的格子門。

木格子玻璃窗的前面是庭院，放晴的天空閃爍著星光。

「他大半夜不睡，跑哪去了……」

◆　◆　◆

一般人看不見的白色異形，登登走在三更半夜的堀川通。

車子的數量比白天少很多。偶爾經過的計程車、轎車的引擎聲，聽起來分外響亮。

晚上比白天安靜，所以引擎聲、車輪聲都特別大聲。

小怪來到靠近一条戻橋的神社的第一個鳥居前，抬頭看著五芒星的匾額，微微笑了起來。

難得進入鳥居內側的車之輔，看到帶著微笑鑽過鳥居的小怪，便出聲叫它。

『式神大人。』

小怪眨眨眼睛。

「嗯？」

『怎麼了？大半夜來這裡。請問……那孩子呢？』

看到旁邊沒有人，車之輔擔心地問。

小怪甩甩耳朵說：「那小子在本家睡覺，不用擔心。」又笑著說：「早上太早起床，所以他已經沒電了。」

妖車這才鬆口氣，細瞇起眼睛說：

『這樣啊。』

「你擔心他嗎？」

這句話似乎道破了車之輔的心思。

『咦？是……是啊。在下知道，他是另一個人，但真的很像……』

這麼說的車之輔，眼中充滿懷念。

小怪用沉穩的嗓音，對思緒在遙遠的過去馳騁的妖車說：

「你不必再回到戾橋下了。」

對妖車說「你可以待在這裡」的主人，並沒有說自己辭世後，也要妖車一直待在這裡。

聽出言外之意是「你可以自由地去任何地方」的妖車，把眼睛睜得斗大，注視著小怪。

『式神大人……』

妖車知道，他擁有從這個臨時的外表無法想像的酷烈本性。

十二神將火將騰蛇所操縱的神氣和火焰，有多麼駭人，車之輔在遙遠的過去曾見識過好幾次。

真的、真的很可怕，光是跟他對話車體都會顫抖，車轄和車輪輻條因此緊縮傾軋過無數次。

然而，在遙遠的過去，也經常碰觸到他內心的溫暖和深情。

車之輔輕輕地搖晃車轅。

『不，那裡就是在下容身之處。』

不是被束縛住，也不是被囚禁。

車之輔婉轉地回答，意指自己是憑自己的意志留在那個地方。

「是嗎……」

『是的。』

車之輔上下嘎噹移動車轅。

既然如此，就沒有小怪插嘴的餘地。

這時候，魑鳥和付喪笙過來了。

「喲，式神。」

「這個時間你怎麼在這裡？」
小怪對飛下來的魑鳥和搖搖擺擺走過來的付喪笙聳聳肩，說：
「有點事。」
說完，小怪鑽過第二個鳥居，抬頭看著關閉的四神門。
正想跳過去時，門自動軋地敞開了。
小怪眨個眼，就那樣從參拜道路登登往前走，停在神木旁附近。
現在是三更半夜，大家都已入睡的時段，社務辦公室和附近人家都熄燈了。
更何況，沒有人看得見小怪和小妖們，而且，充滿此地的神聖氣息，又完全隱藏了他們的身影。
小怪直視著正殿，平靜地開口了。
「喂，晴明。」
這麼一叫，通往正殿的樓梯上，就冒出了迷濛的白色身影。
那是個年輕人，把長到背部的頭髮紮在脖子後面，穿著白色狩衣和白色指貫[1]。
俯視小怪的年輕人，沉穩地笑著。
『好久不見，紅蓮……這個模樣也好久不見。』
小怪細瞇起眼睛，嘆口氣，解除了變身。
晴明懷念地看著非人類原貌的紅蓮，把眼睛瞇成一條縫。
『變回原貌了啊？真的好久不見了呢。』

紅蓮只是聳聳肩，回應感慨萬千的主人。

看起來什麼也不在乎的晴明，刻意讓神氣充斥神社內，分明是為了隱藏恢復原貌時無論如何都會溢出來的十二神將最強的酷烈神氣。

紅蓮會以那隻白色異形的模樣來到這裡，是擔心未必沒有人看得見妖怪或非人類的東西。

看得見的能力稱為「靈視能力」，有這種能力的人稱為「靈視能力者」。

能力強的靈視能力者，很可能看得見白色異形或恢復原貌的他。

就這點來說，被奉為神的主人的處理是正確的。

如果「神社的門半夜突然打開來，出現了莫名其妙的什麼生物、樣貌可怕的什麼東西」之類的傳聞傳出來，就會給管理這個神社的人們帶來麻煩。

「最近，我以人類模樣現身的時間比較長……因為不知道會遇見什麼人。」

紅蓮這麼說，心裡卻暗自咕噥「其實也沒必要這麼在意」。

『很難說喔，這裡畢竟是平安時代的魔都。不久前就有一個男人，每天晚上都來附近徘徊，跟靈啊、妖啊等魔物相遇。』

附帶一提，年輕人所說的不久前，是幾十年前。

紅蓮瞪大了眼睛。

1. 上面寬大，褲腳有繩子可以綁起來的褲子，通常與狩衣搭配。

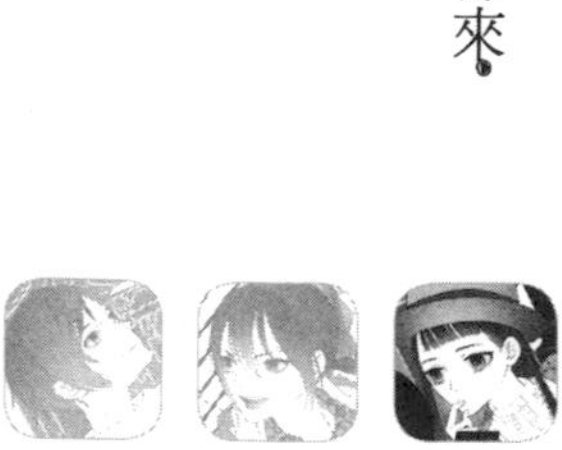

「真是有怪癖呢。」

萬一不小心被拖進那個世界，就萬劫不復了。

『說吧，你這麼晚來這裡做什麼？』

年輕人話鋒一轉，提出了質疑。紅蓮把雙臂合抱胸前，說：

「因為白天太忙了。」

被供奉為神已經千餘年的主人眨了眨眼睛。

『所以特地在這種時間來看我？』

這間神社的祭神，以大慈大悲的眼神望著默然點頭的紅蓮。

『你們沒事就好。自從搬過去那邊後，我就幾乎沒見過你們任何人了。』

紅蓮瞇起眼睛，反駁說話尖酸刻薄的主人。

「是你叫我們替你保護你的子孫啊。你說那邊太遠了，你的力量只能顧及京都的本家。我們只是服從你的命令而已。」

祭神愉悅地笑著，連連點頭。

『說得也是。』

然後，一如往昔以年輕人模樣現身的這間神社的祭神，稍微收起了笑容。

『紅蓮，今天跟你在一起的是……』

明白主人要說什麼的紅蓮，噗哧一笑說：

「很像吧？」

年輕人細細玩味似地點點頭。

『是啊……讓我想起了以前。那邊那幾位，好像也跟我一樣。』

「嗯？」

被年輕人這麼一說，紅蓮訝異地回過頭，看到車之輔它們在門外窺視。

祭神向它們招手。

『好了，進來吧。』

被允許入內，車之輔惶恐到全身發抖，畏畏縮縮地回應：

『是、是，那麼……』

它盡量不發出聲響，慢慢地推進車輪。

停在車轅上的鵺鳥，開心地舉起一隻翅膀發言。

「當我們的力量衰減到快消失時，他都會放我們進來呢。」

在它旁邊抓著它的付喪笙接著說：

「在這裡稍微待一段時間，力量就會恢復。他以前就是個大陰陽師，成為神以後，power 就更 up 了。」

俯視它們的祭神微微苦笑起來。

紅蓮以百感交集的眼神仰視著主人。

「power up 啊……你也有怪癖呢，晴明。」

聽到式神半調侃的話，年輕人滿不在乎地說：

『呵呵呵，有知道往事的它們在，比較不無聊啊。』

「總不會常常跟它們暢談往事吧？居然跟小妖們暢談，真是瘋了。」

『你們能來當然最好，可是，東京有點遠。』祭神稍作停頓，收斂起表情，說：『那孩子是安倍的接班人嗎？』

主人改變語氣，紅蓮也隨著改變了語調。

「安倍現任當家似乎有這個打算，你覺得呢？」

車之輔感覺聽到了很重要的事，嘎噹發出聲響。

小妖們也屏住氣息，滿臉嚴肅。

年輕人露出深思的眼神，抬起視線，遙望著某處。

『這個嘛……在這個時代，人們都遺忘了黑暗，因此壞人更多了……』

在這方面，紅蓮也有深切的體會。

時代改變，也會衍生出不同的現象。所有現象都會隨人心改變。

『那孩子應該沒問題——』

這不是千餘年前身為神將主人的男人所說的話，而是守護這片土地的神的言靈。

紅蓮如釋重負，一股安心的感覺湧上心頭。

「以前好辦多了，魑魅魍魎大剌剌地存在於世上，所以大家都知道。」

那是黑暗即是黑暗的時代。

在那個古老的時代，平安的稱號不過是虛名，實際上是群魔亂舞。

背對正殿的年輕人沉重地回應：

『嗯，知道與不知道，心理上的準備會不一樣。現在的人都不相信，所以每個人都疏於防範。』

紅蓮嘆了一口氣。

「有很多人因為太小看傳承和禁忌而遭遇不幸。現在上門委託的案件，幾乎都是自作自受。」

年輕人擠出心情複雜的笑容。

『我這裡也差不多是這樣。』年輕人聳聳肩，對眨著眼睛的神將說：『很多人來這裡許願，卻留下了邪念。當我只是一介陰陽師時，可以當場糾正那些人，事情好辦多了。』

紅蓮不由得倒吸一口氣。

怎麼會這樣呢？他沒想到已經成為神的主人，也會有怨言。

「唉……」沮喪的紅蓮發自內心咕噥：「以前和現在都需要陰陽師呢……」

祭神對意氣消沉的神將抿嘴一笑，說：

『你說得沒錯。』

而且，因為人數減少，所以現在說不定更需要。

紅蓮啞然失言，只能長聲嘆息。

聽著他們談話的小妖們，交頭接耳地竊竊私語。

「看著他們這樣交談，好像回到了從前。」

付喪笙的眼睛因懷念而閃閃發亮，魑鳥也神采飛揚地附和。

「對啊、對啊，我不是去了東京的安倍分家嗎？出來跟我談的現任當家是個老人家，長得很像以前的晴明呢。」

飄浮在車輪中央的鬼臉，把眼睛張得斗大，恍如滿月。

『是嗎？應該是血緣的關係吧……真想去見見他。』

車之輔只是隨口說說，但魑鳥都聽進去了，露出靈光乍現般的眼神，啪沙拍擊兩隻翅膀。

「那麼，改天大家一起去吧？有一種路叫高速公路，車兄可以全速奔馳。」

付喪笙把器體往前傾，問：

「高速公路？」

「是的，汽車以飛快速度奔馳的道路。」

「哦，有那種路啊……」

『咦……』

臉上毫無血色的車之輔，與驚嘆的笙成鮮明對比。

魑鳥喜孜孜地說：

「我從新幹線下來後，是坐在卡車的屋頂上，去了安倍分家。走的就是高速公路，那條路好像一直延伸到這裡呢。」

這時候，車之輔忍不住插嘴了。
『可、可是，在有車子還有卡車的道路上奔跑，在下會很害怕……』
光想像，車簾就豎起來了，車體也不停地嘎噠嘎噠微微顫抖。
然而，魑鳥和付喪笙都空口無憑地斷言。
「沒問題啦，車兄也是車子。」
「天下無難事，車兄。」
車之輔快被它們堅定的語氣說動了，拚命試著抵抗。
『天、天下無難事嗎……我實在……做不到……』
聽小妖們越說越偏離主題，紅蓮看著它們，露出哭笑不得的表情。
「真的跑上高速公路，會引發軒然大波吧？」
神將說的話再合理不過了，年輕人卻揚起一邊眉毛，露出小孩子想到惡作劇點子般的眼神，大刺刺地笑著說：
『牛車妖怪出現在高速公路上啊？很有趣啊。』
紅蓮扭頭看著主人，莫可奈何低嚷：
「晴明……你這傢伙……」
沒錯，那傢伙就是這樣的人。
因為太久沒見，回憶把他美化了。然而，這個男人的本質，徹徹底底就是個滑頭的狐狸。

「變成神也一點都沒變，真是的……」

以前種種浮現腦海的神將拉長了臉，年輕人默默回以狡黠的笑容。

無論什麼時代，黑暗中都存在著許多一般人不會發現的東西，以及無法察覺的現象。

知道那些東西和現象、知道正確的方向、知道壓制方法的人，總是會負責處理那些事。

今天也是有某件事，在幾乎不為人知的狀態下，發生又結束了。

這就是人類世界的常態，從遙遠的過去到現在都不曾改變。

久別重逢 二

忽然，昌浩想起京都擁有悠久的歷史。

因為悠久，所以有很多史蹟、建築物、墳墓。

吃著本家伯母做的早餐，昌浩突然想起這些事。

九點多，昌浩謝過本家的招待，便與紅蓮離開了本家。他們是怕待太久，會打擾到人家。

「紅蓮，要回去了嗎？」

「回去也行，但既然來了，就稍微繞一下再回去吧？」

昌浩思考了一下。

小妖之一的鳥妖魑鳥，在兩天前飛進位於東京郊外的安倍家，帶來了一個消息。

在魑鳥的懇求下，昌浩與紅蓮昨天來到京都。

既然是祖父晴明的命令，那麼，依照安倍家的習慣，即便是非假日也要以家業為優先。

昌浩奉命來京都，做了迅速的處理，事情已經解決了。

在這裡沒有事情要做了。

他思考過，是不是該早點回去，下午就去學校上課，以免延誤課業，但心裡的天秤卻傾向遊覽少有機會來的京都。

「嗯，就這麼做吧。」

「有沒有想去的地方？」

昌浩又陷入了思考。

「唔，一時想不出來……紅蓮建議去哪？」

換紅蓮皺眉沉思。

「建議啊……這百年來，我也都待在東京呢。」

可以隨口說出「百年」這樣的話，足以證明紅蓮是非人類的存在。

昌浩出生前，神將們就在安倍家了。出生後，也是神將們在照顧他，所以對他而言，紅蓮的存在是理所當然的事。

不過，神將們開始以人類模樣頻繁外出，是這兩、三年的事。從鄰居的眼光來思考，家裡有好幾年都不會老的人，多少會有點問題。

只要祂們願意，也可以變成跟現在不一樣的外貌，但感覺會很彆扭。

「去京都御所吧，那裡是基本中的基本。」

「咦，御所是基本嗎？」

「不是嗎？」

「說到京都，就會想到金閣寺或清水寺吧？」

昌浩列舉有名的地方，紅蓮卻嗤之以鼻。

「看金閣寺有什麼樂趣呢？那是義滿的自大與錯誤自尊下的產物，裝飾得金碧輝煌，沒什麼品味。」

昌浩大半晌答不出話來。

「義滿……是足利義滿嗎？」

「除了他還會是誰。」

「說得也是，建造金閣寺的人就是室町時代的足利義滿……你認識他？」

「當時安倍家的當家，跟他有過種種事。」

「咦！」

紅蓮真的是……以下省略。

有時，被當成史實流傳的事，跟十二神將的證言會不一樣，所以，昌浩決定讀日本史的時候，不要去問祂們。

小學時，曾經把祂們說的話寫在試卷上，被打了答錯的大叉叉。當時的班導師還苦笑著對他說：

『親戚大哥們說的話雖然有趣，但是，歷史跟故事不一樣喔。』

不，老師，其實假扮成我家親戚的大哥、大姊們是神將，也是神的一種，是活過一千多年的活證人，由他們的話來推斷，錯的應該是傳承至今的史實——昌浩當然不敢這麼說。

寫的是事實，卻被打了答錯的大叉叉，是一段苦澀的回憶。

昌浩不由得望著遠處發呆，紅蓮又繼續對他說：

「去清水寺也行，但是，仇野就在附近，所以我不太建議去那裡。」

「啊，對哦，那就不想去了。」

簡單來說，仇野就是墓地。一般人來觀光不會有什麼問題，但是，昌浩或紅蓮去，就有可能會有事。至於是什麼事，就盡量不去想了。

「反正還有時間，就隨便逛逛吧。」

「那麼，我想先把行李寄放在車站的投幣置物櫃。」

行李不算大，但昌浩不想揹著裡面裝滿換洗衣物、符咒、作法道具的托特包，在京都市街走來走去。

為了顧及昌浩的意願，兩人走向了京都車站。

似乎來得有點晚了，好不容易才找到空的置物櫃，幸好今天不是假日。

「接下來要去哪？」

他們先到公車站，再開始思考去處。

「嗯……啊，那是去電影村的公車。」

看到正要發車的公車的目的地，昌浩眨了眨眼睛。

只有小時候去過一次的電影村，記憶並不清晰，而且，應該會比寺廟、神社、佛閣好玩。

這次並不是為了玩角色扮演，而是想親眼看看從小看到現在的時代劇的製作現場，因為幾乎都忘光光了。

在安倍家，晴明握有電視頻道的主導權。老人家晴明喜歡時代劇，而昌浩是很喜歡跟晴明一起看時代劇的那種小孩。

以前扮成牛若丸時，還表演了從電視學來的耍劍。

「乾脆去電影村吧……紅蓮？」

扭頭看的昌浩，詫異地皺起眉頭。

看著導覽板的紅蓮，臉色真的很難看。

「你不想去，就去其他地方……」

紅蓮對為他設想的十三歲小孩說：

「不用，沒關係。」

「可是……」

「我只是想起不愉快的事。」

「是嗎？可以去嗎？」

「可以啊，反正又沒有其他要去的地方。」

紅蓮這麼接著說，話中夾帶著嘆息。

這時，背後傳來含笑的嗓音。

「喲，特地來問候我啊？十二神將騰蛇。」

昌浩和紅蓮的表情同時緊繃起來。

這個聲音。

昌浩懷疑自己的耳朵，在他旁邊的紅蓮也兇巴巴地吼叫。

「你怎麼在這裡？」

緩緩回過頭去的紅蓮，狠狠瞪著與自己同高度的明亮雙眼。

被十二神將最強且最兇悍的凌厲眼光盯住的當事人，卻以燦爛的笑容把那個眼光頂回去了。

「我沒義務回答你。區區十二神將，說話不要那麼囂張。」

昌浩呆呆張大了嘴巴。

太強了。居然把十二神將說成「區區」。永遠都是天下無敵的桀驁不馴。

那個被說成「區區」的十二神將最強鬥將，眼露兇光地笑著。

「大白天就漫無目的地閒逛，八成是丟了工作沒事做，太閒了吧？何不回冥府睡懶覺呢。」

「都說越弱的狗越會叫，最近，神將也越來越會說話了。」

「你再說一次試試看，臭小子……」

昌浩的臉抽動了一下。

紅蓮的嗓音又低又可怕。如果是烏雲密布的背景，配上打鼓般的雷聲的背景音樂，效果就滿分了。

與從嬰兒時期就照顧昌浩到現在的神將對峙的男人，全身上下都穿著黑色衣服。烏黑的直髮比紅蓮短，從稍微蓋住眼睛的長劉海下，露出黑曜石般的銳利雙眸。

這個年輕人的容貌不輸俊男美女組合的十二神將，穿著一身黑衣，優雅地合抱雙臂，瞄了昌浩一眼。

「安倍家的小子，是不是稍微有用了呢？」

昌浩緘默不語。

被稱為「小子」，昌浩當然很火大，但更火大的是難以猜測對方的判斷基準，到底怎麼樣才叫「有用」呢？

男人浮現嘲弄的笑容，俯視眉頭緊皺臭著臉的昌浩。

這時候，響起大大不悅的低沉聲音。

「昌浩，走了。」

「咦……」昌浩還來不及說什麼，就被抓住手腕拖走了。「紅、紅蓮，去哪……唔！」

另一隻手被從反方向緊緊抓住了。昌浩轉頭看，是俊秀的臉上浮現恐怖笑容的冥府官吏，抓住了自己的手腕。

昌浩動也不動，紅蓮覺得奇怪，回頭一看，瞪大了眼睛。

「你要做什麼？」

冥官冷冷地看一眼吼叫的紅蓮，就走向了反方向。

「痛、痛、好痛，喂！」

就像以前聽說過的「大岡裁判[2]」那一幕，被抓住雙腕往相反方向拉扯的昌浩，不禁發出慘叫聲。

2.大岡忠相是江戶時代有名的奉行，辦案公正、有人情味。在一次親子關係訴訟中，兩個自稱是孩子母親的女人，各自抓住孩子的一隻手不放，最後大岡把孩子判給放手的那個母親。

聽到叫聲先放手的一方，果不其然，是保護者兼父母代理人的紅蓮。
冥官回過頭，抿嘴一笑。
「既然你們沒決定去哪，我就帶你們去一個特別的地方吧。」
「不用！」紅蓮快答。
冥官不理會，拉著昌浩直直走向了計程車招呼站。
昌浩被當成了半人質，氣憤填膺的紅蓮只好緊跟在冥官後面。
昌浩被拋進計程車的後座，紅蓮也跟著上了車，冥官優雅地坐進副駕駛座。
「從堀川通往前走。」
計程車聽從冥官的指示發動車子。
坐在後座的紅蓮，氣過了頭，面無表情。昌浩先瞄一眼這樣的紅蓮，再瞥一眼副駕駛座上的冥官。
到底要去哪呢？
從堀川通北上，是有一間祭祀祖先的神社。
但是，昨天才參拜過，今天應該不用再去了。
啊，可是，再去見見那輛牛車、烏妖、付喪笙也不錯。
昌浩淨想著這些事，坐在旁邊的紅蓮一語不發。
他以射殺的眼神，透過座椅瞪著冥官的黑髮。
當年，也是這個男人突然冒出來，硬把紅蓮捲入了事件中。

◇　◇　◇

趁春假期間來本家玩的一行人，盡情享受著京都的春天。

今天，他們來到晴明很久以前就想來的可以扮演時代劇人物的電影村。

換裝、化妝約需一個小時。然後，可以在村內閒晃一個小時。

覺得既然來了，就要盡情玩到飽，是人之常情。尤其是愛熱鬧的成親，更是與角色融為一體，闊步走在村內。

「大哥，走太快，昌浩他們會跟不上。」

大步走的成親，回頭越肩反駁說：

「昌親，牛若丸跟弁慶一組沒問題，水戶老人、年輕侍衛、商家姑娘跟著他們也沒問題。但是，土方歲三和新撰組隊士，跟那一行人混在一起，就會攪亂時代考證啦。」

男生多半喜歡戰國時代和幕末。成親也不例外，喜歡幕末志士或新撰組。

這樣的他，選擇的角色扮演，當然是新撰組的土方歲三。

昌親為了配合哥哥，扮演的是新撰組隊士。丹下左膳或柳生十兵衛，都與他的形象不合。

「我覺得沒關係啊。照你這麼說，水戶老人跟牛若丸、弁慶走在一起，也很奇怪吧？」

「那無所謂啦，爺爺開心就好，朱雀和天一也玩上癮了。至於騰蛇，因為長得高，

與弁慶站在橋上死去的威武十分般配。」

昌親苦笑著說：

「哥哥，你剛才隨口就殺了騰蛇呢……」

「怎麼會變成這樣呢？我只是說般配啊。他的身高本來就有一百八十公分以上，再穿上高木屐，就變成二百公分的高大男人啦。」

沒錯，必須抬頭看。那個身高揮舞長刀往前衝，小兵們根本不堪一擊，恐怕只能丟下武器，爭先恐後地四處逃竄了。

聽完成親這樣的分析，昌親露出難以形容的表情。

「哥哥，你是被最近看的連續劇影響了吧？」

前些日子，在晴明的要求下，安倍家所有人都看了描寫源義經（幼名牛若丸）生平的連續劇。曾為義經部下的弁慶大展身手，表現有如鬼神。

「沒錯，騰蛇如果真的出戰，大概就是那樣，可是……」

昌親回頭看已經拉開相當距離的後方一行人，嘆了一口氣。

「看到現在的他，沒人會有那樣的想像吧？」

因為那個弁慶正勤快地招呼著小牛若丸和小公主。

新撰組的裝扮方便走路，所以成親和昌親越走越前面了。

晴明扮成水戶老人，朱雀和天一分別扮成年輕侍衛和商家姑娘，開心地隨侍兩側。

牛若丸和小公主手牽手，小碎步走在稍後方，弁慶在兩人後面護衛。

沒有玩角色扮演的六合、白虎，負責照相。

紅蓮把長刀扛在肩上，慢慢往前走。白虎看著他的背影，微微苦笑。

「滿適合他的呢。」

六合面無表情地點點頭。但是，暗自覺得從體格來看，白虎似乎比紅蓮更適合弁慶的裝扮。

順帶一提，青龍也一起來了。但是，他說角色扮演太無聊，在角色扮演館附近的茶店打發時間。

有朱雀、天一、六合、白虎在，所以他認為自己不在也沒關係。

勾陣、玄武、太陰在東京宅院留守。六合思忖著，等一下要買個紀念品回去送他們。

「嗯？昌浩和彰子小姐在看小飾物。」

牛若丸和小公主在真的可以買東西的飾物店前，看得興高采烈。站在他們後面的弁慶，回頭望向後面的同袍。

角色扮演中的紅蓮沒有帶錢包。

「拜託你了。」

六合對他點點頭，站到東選西選的孩子們身旁。

白虎先往前走，去替眉飛色舞地拄著枴杖的水戶老人拍照了。

紅蓮欷歔長嘆。

他根本不想玩什麼角色扮演，可是晴明說牛若丸必須搭配弁慶，一聲令下他只好扮演了。

儘管活過漫長歲月，卻沒什麼機會穿高木屐，所以走路走得好辛苦。

扮成新撰組那兩人，已經不見蹤影了。

「大家還真自由呢。」

紅蓮半感嘆地低喃，仰望天空。離限定時間還有四十分鐘。想到還要在村內散步、照相那麼久，他的眼神都有點呆滯了。

散步還好，但怎麼也不習慣照相。十二神將不會老，所以，不論過一百年或兩百年，外表都不會改變。

照相是逐漸改變的人們，用來留住過往的東西，而神將是永遠不變的存在，所以他覺得神將不需要照相。

然而，神將們追隨的安倍家，在四季例行的活動時都要拍紀念照。祂們不入鏡，安倍家的人就會顯得很失望，所以，祂們偶爾也會同框。

「也好啦，可以向一百年、二百年後的安倍家的人證明，我們真的是一直都活著。」

現在很適合老人裝扮的晴明，五、六十年前也是個孩子。再過五、六十年，那個牛若丸也會變成老人。

神將們至今都是這樣看著安倍家的人。往後，恐怕也會這樣看下去。

約莫千年前，追隨第一代主人，他們就留在人界了。

現在只是布景的江戶街道，紅蓮也知道真實的模樣。

所以，怎麼樣都覺得那些東西看起來很假。

「沒辦法，真正看過的人都不在了。」

紅蓮遺憾地叨唸起無可奈何的事，忽然察覺一股視線，環視周遭。

在稍遠的地方，有時代劇常見的河畔，稀稀落落地種著幾棵柳樹，一個倚靠著樹幹的身影閃過視野。

「狩衣……」

是角色扮演的人嗎？附近好像沒有同伴。一個人來很少見呢……

這麼想的紅蓮，忍不住轉頭看那身黑色狩衣的主人。

看到那張臉，紅蓮發出了不成聲的叫聲。

狩衣男人浮現嘲弄的笑容。那是不想見，但非常熟悉的一張臉。

男人抬抬下巴，示意他過來。

「……」

不去。絕對不去。跟那小子有所牽扯，絕對沒好事。本能這麼告訴他，累積至今的經驗與種種記憶，也證實了這件事。

可能是察覺紅蓮決定漠視，男人瞇起眼睛，瞥向了牛若丸。

背脊掠過一陣寒意的紅蓮，有股搥胸頓足的衝動。

那小子根本就是威脅。

肩膀哆嗦顫抖緊握長刀的紅蓮，先招呼六合一聲。

「抱歉，昌浩他們交給你了。」

「騰蛇？」

疑惑地轉過頭來的六合，看到紅蓮怒火中燒的樣子，十分訝異。但紅蓮沒再多說什麼，脫離一行人，走向了柳樹。

看到紅蓮走過去的地方，有個穿黑色狩衣的人，六合微微張大了眼睛。然後，同情地望著同袍的背影。

「六合，我要買這個。」

「我要這個。」

響起孩子們天真無邪的聲音。

六合恢復平時的面無表情，拿出了錢包。

不悅都寫在臉上的弁慶，踩響高木屐走過去。

冥官倚靠著柳樹，優雅地合抱雙臂，揚起一邊嘴角。

「還不錯看嘛，十二神將騰蛇。」

「你要幹嘛？冥府官吏。」

紅蓮展現要用長刀把冥官斜砍成兩半的氣勢。當然，手上的武器只是把小道具，沒有殺傷力，頂多只能讓對方受點小傷。

相較於冥官，從衣服到腰間佩劍，全都是自己帶來的真品。那把劍還是可以一刀砍死魔物的神劍，所以恐怕只會被反擊而落敗。

「神將們難得來京都，我想起碼要來問候一下。」

「是嗎？那麼，你問候完了，沒事了。」

紅蓮說完轉身就要走，但走不了。

因為沒出鞘的劍抵在他脖子上。

「別急著走，難得來京都，很想大鬧一場吧？」

「完全不想。」

「這樣啊、這樣啊，很自制呢。很好，畢竟我不能干預人界。」

「喂。」

「人類的邪念從千年前至今都沒變。尤其是嫉妒和怨恨的情緒，性質比以前更惡劣了。」

「那又怎麼樣？」

「昨晚去那傢伙的神社時，你也聽說了吧？」

紅蓮眼露厲光。

冥官笑得更曖昧了。

「那傢伙畢竟是京城的守護神，席捲這裡的邪念也屬他管轄。」

「好霸道的結論。」

面對低囔的紅蓮，冥官全然不為所動。

真的是無動於衷。打從千年前，這個男人與十二神將們就非常不投緣。

「丟著不管我也無所謂，但既然你們回來了，我想還是跟你們說一聲。」冥官把手伸向紅蓮手中的長刀刀刃，說：「形狀畢竟是刀，所以只要施加破邪之氣，還是可以淨化那個程度的邪念吧？」

「蛤？」

「啊，目標在那棟建築物裡面。你看，就是那棟，有時被當成奉行所、有時被當成大名住處。」

有時被當成北町奉行所，有時被當成南町奉行所。而且，不管是被當成寺廟神社的奉行，或大名住處，或大將所在的大本營，都只是換個招牌而已，是有名的百變街門。

「成不了名，夢碎而逝的無名演員的怨念，在那裡捲起了漩渦，狀況十分嚴重。你不覺得斬斷他們的眷戀，是一種仁慈嗎？覺得吧？不覺得也要逼自己覺得，然後速戰速決。」

紅蓮狠狠瞪著暢所欲言的冥官。

「那麼，你去解決就行了啊，為什麼非要我去解決不可？」

「哈，想也知道啊。」嗤之以鼻的冥官，雙眸閃閃發亮。「老是戀戀不捨地緊緊攀住那裡的怨念，配我親自出馬嗎？就像鴨鍋要配蔥那樣，你去剛好。」

「鴨……」

紅蓮張口結舌，冥官趁這時候翩然轉身。

「再過四、五十年，可能會變成鬼吧。以現在的力量，頂多只能附著在小孩子身上。」冥官忽地止住腳步，回過頭，展露淒厲的笑容。「譬如，附著在正在那邊玩的小孩子身上。」

冥官的左手大拇指所指的，正是紅蓮交給六合的小孩子們。

紅蓮臉上瞬間沒了表情。

「算你欠我——」

冥官冷冷地回應紅蓮：

「你是在對誰說話？稍微搞清楚你的分際，十二神將騰蛇。」

怒氣沖天的紅蓮正要破口大罵時，黑衣已經消失不見了。

他拚命忍住了想把手上長刀摔成兩半的衝動。

然後，憤然鑽進剛才說的那扇門，從裡面關上了門。

◇ ◇ ◇

紅蓮望著從車窗流逝而去的街景，滿腔的憤怒噗嘟噗嘟沸騰。

當時，為了斬斷所有捲起漩渦的邪念，花了很長的時間。

怨念的力量並不大，再過四、五十年甚或六、七十年，都不會變成鬼。

但是，數量異常龐大。

對，就是多到不行。斬了再斬也斬不完，最後很想乾脆放一把煉獄之火，一舉燒光。冥官留在長刀刀刃上的破邪之氣，在除去最後一道邪念的同時消失了。

完全不使用神氣，只靠人身與邪念對峙，有點辛苦，比想像中耗費力氣，好不容易全部剷除時，已經累垮了。

而且，為了防止有人來打攪，還對緊閉的門動了點手腳，所以沒人找得到紅蓮，因此遠遠超過了限定的時間。

不但被工作人員警告，害晴明等人非常擔心，還付了超時罰金，真的很慘。連解釋的力氣都沒有的紅蓮，只能道歉。值得安慰的是，唯一知道原委的六合，對他投以同情的眼光。

啊，想起了不愉快的事。

眼神呆滯的紅蓮，耳朵接收到冥官的聲音。

「在那裡停車。」

過一条橋很遠後，計程車停下來了。

冥官速速下車，不知道為什麼計程車費就由紅蓮支付了。事情的發展，從頭到尾都令人無法理解。

三人下車的地方，是看似某企業工廠用地的前面。

昌浩環視周遭。

「這裡……沒什麼特別值得看的東西啊……」

冥官扔下百思不解的昌浩和一觸即發的紅蓮，快步向前走。

圍繞用地的牆壁，突然出現了缺口。

有個石碑立在那裡，鋪在地上的石階往裡面延伸。

冥官往裡面走，昌浩他們不得不跟在後面。

盡頭的右側，有兩座墳石和墓碑。

「這是……什麼？」

昌浩抬頭問旁邊的紅蓮，忍到快要爆發的紅蓮面無表情地開口說：

「是墳墓。」

「呃，誰的墳墓？」

冥官回答：

「世界最古老的大長篇小說的作者。」

昌浩仰頭望著天空思考。

世界最古老的？對了，上古典課時，好像聽過這樣的話題。

在記憶中搜索了一會後，昌浩砰地拍了一下手。

「啊，是不是《源氏物語》？」

他抬頭向冥官確認，看到冥官臉上帶著訕笑。

既然沒說不是，應該就是了。

「喲，是寫《源氏物語》的人的墳墓啊，居然還留著，太厲害了。」

「你認為是真的？」

正感嘆不已就被冥官潑了冷水，昌浩張大了眼睛。

「咦，不是嗎？」

「不知道，你說呢？」

「呃……」

搞不懂怎麼回事。

昌浩覺得冥府官吏顯然是在耍他，絕對不會告訴他事實。

放棄追究事實的昌浩嘆口氣，盯著《源氏物語》作者紫式部的墳墓。

姑且不論真假，聽說是千年前實際存在過的人的墳墓，難免都會感慨萬千。

紫式部的墳墓旁邊，還有另一座墳墓。那究竟是誰的墳墓呢？

既然比鄰而立，一定是與紫式部相關的人。

「這是誰的墳墓呢？」昌浩問。

冥官默默抬起下巴，指向墓碑。

上面有漢文刻的文字。

「呃……野……宰相？」

這時，一直沉默不語的紅蓮，發出了很低沉、很低沉的嘶吼聲。

「野宰相小野篁。」

「咦？」

紅蓮的恐怖嗓音，扎刺著猛眨眼睛的昌浩的耳朵。

「那是這個若無其事地合抱雙臂的男人，還是人類時的名字，這裡是他的墳墓。」

時間瞬間停頓。

「咦——？」

昌浩緩緩抬起頭，正好與浮現冷笑的冥官對上了眼。

那表情似乎是肯定的。

「哦，是嗎？」

原來，冥官很久以前是人類啊？咦，等等，這個名字好像在哪聽過。

和歌〈百人一首〉裡好像有這個名字。

昌浩一說出口，冥官馬上點頭說：

「對，那就是我。我曾經因為才高八斗，遭無能之徒嫉妒，被放逐到偏遠地方。那是當時為了洩憤而寫的和歌，字裡行間充滿我絕對要百倍奉還的怨念。」

原來字裡行間不是充滿悲哀和嘆息，而是洩憤的怨念。跟昌浩在課堂上學到的差很多。

改天告訴教古典的老師吧？可是，老師一定不會相信吧？昌浩想想還是算了。

「那麼，帶我們來這種墓地的理由，現在可以說了吧？」

憤怒已經衝破極限的紅蓮，語氣十分淡然。

冥官嘻皮笑臉地回答：
「安倍家的孩子，從千年前就常常接受我的幫助，是不是有義務替我掃掃墓呢？」
「咦……」
好牽強的理由。
「滋賀也有祭祀我的神社，其實，去那裡會比較好。可是，交通有點不方便，所以就湊合著來這裡了。」
「哦……謝謝您的用心。」
昌浩還是鞠躬致謝，冥官點個頭轉過身去。
「再見了，小子，下次再見面時，希望你稍微有用了。」
全身黑衣的年輕人，說完就消失得無影無蹤了。
昌浩呆呆目送他離去。
大腦茫然思索著：啊，他真的不是人呢。
會刻意帶別人來看自己的墳墓的人，是什麼心態呢？昌浩無法理解。
「他為什麼要帶我們來看他自己的墳墓呢？」
昌浩直率地問，回答他的嗓音格外平靜。
「那個男人的想法，哪有什麼深意可言。」
昌浩覺得脖子灼熱刺痛，氛圍動盪不安。
他反射性地扭頭看，明明是人身的紅蓮，竟然從全身冒出了鬥氣。

「紅、紅蓮？」
紅蓮在下意識往後退的昌浩面前，狠狠瞪著野宰相的墳墓。
「墳墓？哼，墳墓？不當人卻當起冥官的傢伙的墳墓，竟然被後人保護到現在？很好，我現在就把它摧毀。」
「嘓噎？」
昌浩發出青蛙被壓扁般的叫聲。眼前的紅蓮，像是怒到了極點，齜牙咧嘴。
「你這個大麻煩的化身，別再讓我見到你——！」
怒吼聲響徹雲霄。
摧毀還算是有歷史價值的墳墓，無論如何都是很嚴重的大事。
昌浩趕快擋在墳墓前面，高高舉起雙手。
「紅蓮、紅蓮，不可以！」
「少囉唆，快讓開，昌浩！」
「不，不可以！」
「這種東西的存在，本身就有問題！」
「沒這種事！」
拚命阻止紅蓮的昌浩心想：
那個人一定是明知會發生這種事，還把我們帶來。一定是這樣。

十二神將們與冥府官吏，從第一次見面就不投緣。
那之後，一千年了。
他們之間的關係，只有更惡化一途。

遠方的人聽好了

昌浩作了夢。

很久沒作過的夢。

醒來時，他臉色發白。

「不好了……」

昌浩坐在學校中庭的噴水池畔，抱頭苦思。

「唔——啊——啊——啊——啊——」

季節是春天。現在是午休時間，上面是太陽稍微被雲朵遮蔽的無垠天空。

前幾天，安倍昌浩才剛升上私立清涼學園國中部二年級。

因為換了教室，所以跟一年級時不同班的兒時玩伴變成同班了。

昌浩的兒時玩伴有三個。一個大他一年級，現在三年級。一個跟他同年級，現在跟他同班。一個今年才升上國中部，現在一年級。

清涼學園在東京郊外擁有廣大用地，是從小學直升到大學的一條龍學校。國中部與高中部共有的食堂，以美味聞名。

今天，昌浩在食堂吃完豆皮烏龍麵後，又在福利社買了蝦排三明治。光吃豆皮烏龍麵，沒辦法填滿發育中的肚子。現在肚子也還有多餘的空間，遺憾的是錢包裡沒有多餘的錢。

「你在做什麼？昌浩。」

疑惑的聲音來自頭上。
昌浩抱著頭仰起臉，對不解的兒時玩伴說：
「我在夢裡被召喚了。」
「啊？」比古聽得一頭霧水，皺起眉頭，瞇起眼睛問：「被誰召喚？」
「高淤神召喚我去貴船。」
比古仰天思索了一會。
「哦，這也是沒辦法的事，你快去吧。」
聽到這麼無情的回答，昌浩又抱著頭沮喪哀號。
「啊啊啊啊啊啊，祂會對我說什麼呢……」
比古在他旁邊坐下來，把雙肘抵在雙膝上，配合垂頭喪氣的昌浩的視線高度。
「你做了什麼會挨罵的事嗎？」
「應該……沒有吧……」
但是，自己這麼覺得，對方未必這麼覺得，尤其是價值觀完全不同的神。
昌浩垂下肩膀，發出來自地底下般的呻吟聲。
「週末……我去一趟……」
「去吧，別忘了買禮物。」
昌浩瞪年長一歲的兒時玩伴一眼，沉著臉說：
「有空就跟我一起去嘛～」

「呃，」比古合抱雙臂，「貴船啊，去年夏天跟你和成哥一起去過後就沒再去了，所以，這次跟你去也行。」

昌浩猛然抬起頭說：

「真的嗎？太好了！」

在稍遠處的學生們，都驚訝地看著突然大叫舉起雙手的昌浩，但昌浩全然不在意。

「太好了，有比古在，緊急關頭總會有辦法解決。」

「解決什麼啊，很抱歉，我不會跟你進到後殿。」

「咦咦咦！」

「祂是召喚你啊，昌浩，被召喚的人本來就該一個人去。」

「唔。」

說得完全正確，昌浩無言以對，絕望地垂下肩膀。

比古是出雲九流族祭祀王家的嫡子。為了培養將來的人脈、增廣見識，去年離開父母來到東京，進入了清涼學園的國中部。

他在東京的房子，離學園步行十五分鐘，是公寓大廈六樓的邊間。

他不是一個人住，而是跟大他八歲的堂哥、兩隻大型狗住在一起。這兩隻大型狗其實不是狗而是狼，但他向鄰居堅稱是狼狗的一種。

昌浩要從離清涼學園最近的站搭兩站電車，到站後再徒步十五分鐘，才能回到家。

從車站到學園徒步大約二十分鐘，所以上學通勤時間將近五十分鐘。

「你去京都是當天往返嗎？」

比古轉換了話題，昌浩兩眼無神地回說：

「當天往返也行，可是有點倉卒，所以我打算放學就出發，在本家住一晚，早上去貴船，然後再去祭拜祖先，拜完就回來。」

「住一晚也很倉卒。」

「啊，我會先告訴紅蓮你也要去的事，他會幫我通知本家。」

「拜託你了。要不要吃？」

這麼回應的比古，打開手中的牛皮紙袋，拿出馬鈴薯餅麵包遞給昌浩。

昌浩的眼睛亮了起來。

「我要吃。」

拿到滿是高麗菜的馬鈴薯餅麵包的昌浩，喜孜孜地拆開包裝。

比古苦笑著往紙袋裡瞧，裡面有堅果蛋三明治、白肉魚塔塔醬三明治、咖哩麵包，他思索著要先吃哪一個。

「對了……」咬著馬鈴薯餅麵包的昌浩，忽然想起來似地說：「有時間的話，就去一下去年沒去成的松尾大社吧？」

比古一隻手拿著三明治，歪頭思索。

「去得了嗎？松尾大社在嵐山吧？我在地圖上看過，距離很遠呢。」

「這樣啊，果然有點難？」

「是啊。」

昌浩看著剩下一半的馬鈴薯餅麵包，沮喪地垂下肩膀。

他想起去年夏天，大哥成親和紅蓮之間，似乎也有過類似這樣的交談。

◇ ◇ ◇

那是昌浩升國中後的第一個暑假。

在八月的第一個星期四，東京的安倍家接到住在京都的成親打來的電話。

成親說，守護京都北方的貴船神社的祭神，竟然出現在他夢裡。

不確定為什麼會出現在成親夢裡。雖不確定，但據成親本人說，不久前他去了貴船的川床[3]，卻沒有順道去神社，說不定跟這件事有關。

當時，去川床是為了跟工作相關的人吃晚餐，所以，進入貴船山時，已經沒有時間去神社參拜了。

然而，對貴船的祭神來說，安倍家的人都來到自己腳下了，卻過門而不入，似乎是不可饒恕的行為。

3.設在淺灘上的納涼平台。

無論如何，安倍家的人就是被貴船的神看見了。

「然後，出現在成親夢裡的高淤神，問安倍家的下一代接班人是否安好。」

板著臉盤坐在晴明斜對面的紅蓮，回應合抱雙臂坐在起居室矮桌前的晴明：

「就是……不管多遠都要他露面的意思吧？」

「果然是這樣。」

這時候，去圖書館的昌浩，跟兒時玩伴比古一起回來了。

「我回來啦。」

走廊響起腳步聲，紙拉門敞開來。

「紅蓮，今天比古可以一起吃晚餐嗎？因為真鐵要工作到很晚。」

「大家好。」

比古後面跟著兩頭偽裝成大型犬的狼，它們從比古兩旁探出頭說：

「不用準備我們的份喔。」

「嗯，我們回家再吃。」

灰白狼和灰黑狼被法術縮小，臉部表情也變柔和了。雖是偽裝成狼狗，但偶爾會被誤認為是阿拉斯加雪橇犬。

脖子上還戴著項圈，綁著繩子。要生活在人類世界中，就必須這麼做。妖狼們當然不情願，但是，不戴上就會給真鐵和比古添麻煩，還會被強制送回出雲，它們只能服從。

「可以啊，今天吃中華涼麵配冷涮肉。」
昌浩和比古的眼睛都亮了起來，彼此擊掌歡呼。妖狼們又重複說：
「不用準備我們的份喔。」
「嗯，我們回家再吃。」
紅蓮嘆口氣說：
「我出去買一下東西……」
妖狼們平常是吃以肉類為主的狗食。雖然也吃蔬菜、米飯，但狼的主食畢竟還是肉類。
兩隻妖狼並排著搖晃尾巴。
「不用準備我們的份，但準備了，我們就會吃喔。」
「要準備的話，最好是肉類。雞肉也不錯，但我們比較想吃馬肉或鹿肉。」
竟然趁機點起菜來了，比古用拳頭輕輕敲了一下它們的頭。
「你們太不要臉了，那些東西家裡就有，忍耐一下。」
「咦咦咦。」
「我們肚子餓了啊，比古。」
妖狼們發出可憐的叫聲，昌浩苦笑著說：
「紅蓮好像要去買什麼，等他回來吧。」
紅蓮聳聳肩走出了客廳。

「昌浩，過來一下。」
被晴明叫過去的昌浩，與紅蓮擦身而過走進起居室，坐在矮桌前。
「比古也可以過來嗎？」
「嗯，可以啊。」
有了晴明的許可，比古和妖狼們也進入了起居室。妖狼們若維持目前的大小，起居室會顯得擁擠，所以，比古用法術把它們變成中型犬大小。
「昌浩，這個禮拜六日去一趟京都。」
「京都？」
昌浩瞪大了眼睛，晴明點點頭說：
「是的，貴船的神叫你去。」
「貴船的神嗎？」出乎意料之外的昌浩反問。
「是的。」
「有什麼事嗎？」昌浩愁眉苦臉地問。
晴明合抱雙臂對他說：
「安倍家的下一代接班人，遲遲不露面，貴船的祭神似乎很有意見。」
「那我也沒辦法啊……」
昌浩很煩惱。他住在東京，沒辦法說去京都就去京都。
雖然會去京都的本家玩，但次數也少到一年不知道有沒有一次。

小時候，每年夏天的螢火蟲季節都會去京都玩。但是，上了清涼學園的小學部以後，就減少到幾年一次了，因為學業和修行鍛鍊都更忙了。

昌浩歪著頭說：

「是不是去打聲招呼就行了？」

祖父嗯嗯沉吟後，回答孫子：

「應該是吧。」

這種事要去了才知道。

「不過，你已經十三歲了，是人生階段轉折點，可能是因為這樣才叫你去露個面。」

「應該不是這樣吧……」

再怎麼說，都不可能因為這種小事，就特地把自己叫去吧？

「好，我知道了。」

今年秋天，昌浩就滿十三歲了。在現代還是個孩子，在以前就是成人了。說是人生階段轉折點，也的確是轉折點。

而且，東忙忙西忙忙，升上國中後一次都還沒去過京都，連祭祀祖先的神社都還沒去參拜，所以，這次說不定也是個好機會。

這時候，一直默默聽著他們交談的比古插話了。

「昌浩要去京都啊？真好。」

晴明和昌浩都把視線轉向比古。

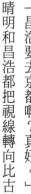

被兩頭狼夾在中間的比古，用兩隻手分別撫摸著它們的頭。

「我上次去抓螢火蟲後就沒再去過，也沒有過正式的觀光。」

比古的故鄉在奧出雲，從那裡去京都的交通不方便。搭飛機就快了，但他家離機場很遠。那麼，搭電車呢？也非常花時間。

若不在意整體的交通時間，最有效率的方式或許是搭夜行巴士。

況且，連昌浩他們去京都的次數都減少了，在京都沒有親戚的比古等人，自然就更少去了。

現在跟小時候不一樣，關於京都那片土地的知識增長了，所以，除了貴船外，到處去走走一定很有趣。

昌浩眨個眼，看著祖父。

「爺爺。」

「嗯？」

「比古可以一起去嗎？」

「啊？」

比古沒想到昌浩會那麼說，睜大了眼睛。

「比古也一起去啊……」

晴明想了一下。他並無異議，但九流家呢？

「比古呢？想去嗎？」

被晴明這麼一問，比古與左右的狼相互對看。

「呃呃呃，問我想不想去，當然是想……」

可是，昌浩是被貴船的神叫去的，自己並沒有被叫去。他不是不想跟去，是擔心會不會妨礙到昌浩。

昌浩對猶豫不決的比古說：

「我去貴船時，你可以去其他地方玩。等我辦完事後再會合，一起到處繞繞，怎麼樣？」

然後，昌浩又靈光乍現，拍個手說：

「對了，也找螢和彰子一起去吧？好久沒去看螢火蟲了。」

然而……

接到昌浩的電話後來安倍家的螢和彰子，聽到這個提議，兩人相對而望。

「週末？」

「這個嘛……」

看到兩人為難的樣子，昌浩和比古都很疑惑。

「怎麼了？」

「有什麼問題嗎？」

彰子困窘地點點頭，眉頭緊蹙的螢回說：

「這個週末我們有約了。」

「是喔……」昌浩失望地垂下肩膀。

一旁的比古問：

「妳們兩個要外出嗎？」

螢的回答出乎大家意料之外。

「是啊，我跟小彰還有太陰、勾陣。」

「太陰、勾陣？」

昌浩和比古異口同聲大叫，猛眨眼睛。

這個組合太稀奇了。

「妳們要去哪？」昌浩問。

螢的眼睛頓時亮了起來。

「我們要去吃好吃的東西。」

「……」

昌浩與比古相對無言。

這件事最好不要深入追問，只要涉入，對方就大有可能說個沒完沒了。

特別是牽扯到好吃的東西，女性的行動力就會連跳好幾級。昌浩和比古也喜歡好吃的東西，但沒女性那麼誇張。

「是嗎？那麼，這次就我們兩個了。」昌浩喃喃說道。

比古補充說：

「騰蛇也會去吧？他若不去，真鐵就不會答應讓我去京都。」

彰子歪著頭詢問面有難色的比古：

「真哥不去嗎？」

彰子都叫真鐵真哥，螢都直接叫真鐵，如實表現出兩人性格上的差異。

「嗯，我剛才問過他，他說有行程了。」

真鐵是比古的堂哥、室友，就讀清涼學園大學部四年級，因為是學生時代的最後一個暑假，所以排滿了各種行程。

詢問過真鐵後，真鐵說比古去京都，在安倍本家住一晚沒問題，馬上就答應了。真鐵也向出雲的雙親報告過了，所以晴明剛剛接到致謝的電話。

兩頭狼要留下來看家，它們顯得很失望，但沒辦法帶著它們搭新幹線。

彰子和螢愉快地笑著說很期待呢。比古很久沒去京都了，也很開心。

唯獨昌浩不知道貴船祭神把自己找去做什麼，心情有些沉重。

看兒時玩伴們都笑得那麼輕鬆，昌浩有點羨慕他們。

搭第一班電車出發的昌浩、比古、紅蓮一行人，上午八點多抵達京都。

拖著兩天一夜的行李的昌浩，看到熟悉的面孔出現在剪票口前。

「啊，成哥。」

發現昌浩他們的安倍成親舉手招呼。

昌浩走出剪票口，小跑步跑過去。成親猛抓昌浩的頭，手勢有些粗暴。

「唷，好久不見啦，弟弟。」

「別抓啦。」

昌浩嘴巴這麼說，卻笑得很開心。

他打從心底尊敬這個大他十四歲的大哥，也尊敬大他十二歲的二哥昌親。兩個哥哥從清涼學園畢業後，都在京都工作，所以不太有機會見面。但是，昌浩每年都會回來幾次，每次都能感受到他們的疼愛，他真的很愛他們。

成親和昌親不只疼愛昌浩，也把比古、螢、彰子當成親弟妹那樣疼愛。

「比古也好久不見了，長高了呢。」成親敞開笑容。

比古有點難為情地回他說：

「沒長很多啦。」

昌浩和比古最後一次見到成親，都是在過年的時候。

「車子停在那邊，走吧。」

紅蓮看著邁出步伐的成親，眨了眨眼睛。成親有駕照，但應該沒買車。

成親察覺紅蓮的視線，知道他在想什麼，開口說：

「是本家的車，伯父說你們來的時候就開去用。」

「原來是這樣。」

在停車場把行李扔進五人乘坐的四輪驅動車的後車廂後，昌浩和比古坐進後座，紅蓮坐進副駕駛座。

「紅蓮，你還是只騎機車嗎？」

「暫時是這樣。」

紅蓮邊繫安全帶邊回答，正要發動引擎的成親驚訝地問：

「意思是你也考了汽車駕照？」

合抱雙臂的紅蓮板起臉說：

「迫於種種需要。」

「哦？」

以前，紅蓮曾經為了考駕照，去駕訓班上課。但沒多久，他就說不適合他，改成騎機車。不只是他，十二神將的青龍、六合、白虎也都去駕訓班上過課，拿到了汽車駕照。

「也是啦，開車真的比較方便，尤其是一般地方，沒車就很難行動。」

「真的差很多，最近，昌浩越來越常被叫去各個地方。」

「哦，原來如此。」

成親點頭表示理解，發動了車子。

安倍家的家業是陰陽師，有工作上的委託，哪裡都得去。

就讀小學期間，昌浩的生活就是在學校放假時跟著晴明去工作，必要時從旁協助。

上國中後，就算是出師了，越來越多工作交由他單獨處理。

不過，昌浩並不是一個人到處去。都會有十二神將陪同，通常是紅蓮。祂們的任務是在緊要關頭保護昌浩，並彌補他的不足。

昌浩具有強大的靈力和靈視能力，但經驗不夠，所以，正在神將們的庇護下累積實戰經驗。

「如果六合有空，我就找他來當司機啦。」

紅蓮嘆口氣，成親哈哈大笑。

「啊，難怪最近都是你跟六合二人組，原來如此。」

「你怎麼都知道？」

「我聽不久前來本家的太裳說的。」

東京的分家常常會來京都的本家借神具或咒具，那些東西都不能靠宅配或郵局寄送，所以通常由十二神將搬運。

由人類搬運也行，但靈力太強的道具會影響周遭環境，所以，必須用神將們的神氣封住。

坐在後座的昌浩和比古，邊有意無意地聽著成親他們的對話，邊眺望窗外。

他們搭乘的四輪驅動車完全沒遇到塞車，穿越了京都市內。漸漸地，住家減少了，綠意增加了。

從京都車站到貴船神社，交通順暢的話，開車不到五十分鐘。

早上起得太早，兩人在不覺中打起了瞌睡。
昌浩用眼皮已經半垂的眼睛，恍惚地看著從窗戶流逝的景色。
為了看螢火蟲，來過這裡好多次了。在螢火蟲的季節，看起來像螢火蟲的死者靈魂，也會在神域徘徊。
飛來飛去的靈魂，在具有靈視能力的人的眼中，跟螢火蟲完全不一樣。但是，沒有靈視能力的一般人，會把死者的靈魂看成顏色稍微不同的螢火蟲。
以前祖父就教過昌浩，水能淨化一切事物，所以，可以洗清任何污穢。
貴船在這方面的能力尤其強大，因為充滿白銀龍神散發出來的清冽神氣。
進入貴船神域，就會自然而然地挺起胸膛。神並不溫柔，而是嚴厲、酷烈、可畏。
為什麼會召喚我呢？有什麼事嗎？昌浩想不起自己做過什麼會挨罵的事。
這幾天，回過神來，就發現自己滿腦子都是這件事。
所以一直都是淺眠。
「……喂，昌浩。」
昌浩被叫聲驚醒，張開眼睛。不知何時，四輪驅動車已經停下來了。
到貴船的停車場了。停在那裡的車子，只有昌浩他們的四輪驅動車。可能是時間還早，還沒有其他人來參拜。
往旁一看，比古也睡得鼾聲大作。
「比古，到了。」

一搖肩膀，比古就醒了。
「哇，已經到了？」
駕駛座上的成親回過頭，瞇起眼睛說：
「你們呼呼大睡時，我一直在開車啊。」
兩人深深低下頭說：
「謝謝。」
成親很滿意兩人異口同聲的致謝，點點頭說：
「很好。」
等成親從後車廂拿出托特包後，一行人走向離停車場沒多遠的鳥居。
大家先停下腳步，行個禮，再鑽過漆成朱色的大鳥居。順帶一提，這是第二座鳥居，第一座鳥居離叡山電車貴船口車站不遠，稍微走幾步路就到了。
參拜道路是石造階梯。長長並排在階梯兩旁的朱色燈籠，在ＪＲ或旅行社的廣告裡處處可見。
紅蓮邊爬上階梯邊跟成親說話。
「喂，成親。」
「嗯？」
成親停下來。昌浩瞥一眼成親和紅蓮，逕自往上走。
因為昌浩接下來必須趕往後殿，從正殿到後殿約莫一公里遠。中間還有中殿，那裡也要參拜。

比古跟在匆匆趕路的昌浩後面。

紅蓮看左腕上的手錶確認時間，已經八點四十多分了。

貴船神社的開門時間是上午六點，關門時間冬、夏不同。基本上，夏天此時是下午八點、冬天是下午六點。貴船不時會有點燈活動，那時候的關門時間又不一樣。

「接下來要去哪？」

「嗯，問得好。」

參拜都還沒結束，紅蓮就急著提出這樣的問題，是因為夏天的貴船觀光客很多，從叡山電車的貴船口到貴船神社周邊，交通很快就會打結了。

因為道路非常狹窄。有很多地方，連兩輛車錯車都很困難，還有觀光客走在路上。

「我們在不違規的狀態下，飛快趕到了這裡，所以目前還沒問題。可是，再過一小時就很擁擠了。」

「我想也是。」

紅蓮點頭贊同成親的分析。

「所以，回程稍微繞點遠路，從天童山繞回市內吧？」

在腦海裡描繪地圖的紅蓮，眼神有點死沉。

「那麼走……要將近兩小時吧。」

成親也露出同樣的表情，浮現乾笑。

「是沒錯，但總比塞車好……」
「嗯……」
非假日來就沒這個問題了。
但即便是非假日，在祇園祭期間或盆節時期，也是人聲鼎沸，所以夏天給人的印象就是永遠人潮洶湧。
紅蓮半瞇起了眼睛。
「麻煩你來接我們，我是不該說什麼，可是，幹嘛開車來呢？」
沮喪的成親皺起了眉頭。
「你說得沒錯，我忘了夏天的貴船會塞車。」
上次是在非假日的傍晚來，所以完全忘記貴船在夏天的週末有多擁擠。
成親抬起頭聳聳肩。
「現在就看昌浩的事情要多久辦完囉。早點辦完，就可以從下去貴船口那條路回家。」
紅蓮嘆口氣說：
「這就要由高淤神決定了……」
「祈禱吧？」
「好吧。」
兩人臉色沉重地相互點頭。

成親又邁開了步伐，邊走邊仰望天空。
「說到貴船，我最喜歡的季節是冬天。人不多不少，空氣整個凍結，給人恰到好處的莊嚴感。」
「啊，我大概可以理解那種感覺。」
先爬到階梯盡頭的昌浩和古比，在門前行個禮，進入神社內，直接走向用來淨手的「手水舍」。
手水舍的水，夏天也是冰冷的。這裡的水雖不是神水，但仍是神域裡的水，可以洗清污穢和沉滯。
正要拿起長柄勺子時，比古忽然開口了。
「喂，昌浩。」
「嗯？」
「淨手時，嘴巴不能直接碰到勺子喔。」
右手拿起勺子汲水的昌浩張大了眼睛。
「我才不會呢。」
「我想也是。」
比古深深點頭。
他跟昌浩一樣，用右手拿勺子汲水，以四分之一左右的水量，邊沖洗左手邊接著說：

「不久前的夏季廟會，我晚上跟同學去了附近的神社。」

在幾個同學的邀約下，比古去了廟會玩。

廟會是大節慶，所以晚上也可以進入神社。根據一般說法，這之外的日子絕不能在晚上進入神域，因為不知道會發生什麼事。

昌浩和比古不得不在夜晚進入神域時，就真的有過好幾次恐怖的經驗。現在大致上習慣了，不再害怕，但並未因此忘記敬畏之心。

來來往往的廟會遊客，開心地看著排列在參拜道路兩旁的攤販。

老實說，攤販賣的東西並不是那麼好吃，然而，在快樂的氣氛中吃，就會不可思議地覺得好吃。

大家在討論要吃什麼時，有人提出了這樣的建議——

要不要先去參拜被紙燈籠、紙罩燭臺、石燈籠照亮的神社？

那是守護這一帶的神社。仔細看，會發現帶著年長者或小孩子的家庭，都會先去神殿參拜，再去逛參拜道路上的攤販。

於是，他們鑽過鳥居，先去手水舍。

「大家都知道要洗手、漱口呢。」

「哦，很厲害呢。我聽爺爺說，最近很多小孩子都不知道。」

昌浩知道自己不是最近的小孩子，比古也一樣。

比古正經八百地點著頭說：

「對，我也這麼覺得，所以有點感動。」

同學們用右手拿著勺子澆洗左手，再換左手拿著勺子澆洗右手，然後直接把勺子拿到嘴邊，呷了一口水。

聽到這裡，昌浩睜大眼睛說：

「啊啊啊，好可惜！」

不由得握起拳頭的昌浩，打從心底覺得遺憾。

比古也一樣握起了左手的拳頭。

「就是啊！到左手、右手為止都做得很好！」

然後，大家也知道要漱口，卻不知道漱口的方法。

「這時候要再換右手拿著勺子，把水倒到左手上！」

「對！要把倒在手上的水含進嘴裡，漱完口後，用左手掩住嘴巴，悄悄把水吐出來！」

「然後，要再用水澆洗一次左手！」

「最後把勺子直立，用剩下的水洗淨長柄。」

兩人不知為何使勁全力爭相說著順序時，紅蓮和成親趕上了他們。

「你們在吼什麼啊？」

有點受不了他們的紅蓮，聽完大略的說明，也感嘆地說：

「哦，那的確很可惜，那個年紀知道要淨手已經很了不起了。」

「然後呢？比古有沒有教同學正確的做法？」
比古用力地點著頭。
「當然有！結果……他們都說我老氣橫秋。」
昌浩把手搭在眼神呆滯地咕噥的比古的肩上。
「比古，我也常被那麼說。」
「你也是啊？昌浩。」
還會被說是退休老人、未老先衰、老前輩等。這些形容詞絕不是嘲諷，但他們兩人就是常常會被取這一類的綽號。
那些同學儘管嫌比古老氣橫秋，還是照他說的方法重新淨手，所以都是本性善良的人。
昌浩可以這麼不慌不忙地跟比古交談，是因為還沒有其他人來參拜。若有其他人在，根本不可能在手水舍這樣聊天。
比古用手帕把手擦乾，感慨地環視神社。
「好久沒來了。」
小時候感覺這裡比較大，現在覺得比記憶中小。或許，跟個子長高了、視線位置升高了也有關係吧。
等成親和紅蓮淨完手，他們爬上手水舍左側的階梯，四個人並排一起參拜坐鎮右手邊的正殿。

他們閉上眼睛，默默合掌。社務辦公室還沒開，也沒有其他參拜者，整座神社只有蟬叫聲和樹葉迎風飄搖的聲響。

「……」

來神社參拜時，昌浩不會許任何願望，只會在內心感謝可以健康平安地來到這裡參拜。

只要自己的努力和平日的行為舉止正確，願望自然會開花結果，而不是靠神來實現，這是長輩們至今教給比古和昌浩的觀念。

努力和行為舉止正確，神就會給予協助。若不正確，神就會給予懲罰。

即便正確了，若是沒來參拜感謝神的協助，也會以其他形式被迫付出。

另外，心裡每天都要有神。想到有神在看，大部分的人就不會犯錯。

「天網恢恢疏而不漏」這句話，陰陽師們都有深切的體會。

默默合掌的昌浩，行個禮，張開眼睛，打起精神來。

「那麼，我去一下後殿。」

向三人打過招呼後，昌浩先獨自走下階梯。

剩下的三人開始思考接下來要做什麼。

「社務辦公室快要開了，去抽籤吧？」

貴船神社的籤，是浮在水上就會出現文字的水占，非常有名。

對於成親的提議，與紅蓮相互對看的比古，躊躇地搖搖頭說：

「我就不必了，我只是來問候一聲，沒什麼事要問。」
「成親，你想抽就去抽抽看吧？」
被紅蓮這麼一說，成親合抱雙臂，「嗯～」地沉吟起來。
「我也不必了。」
住在京都的成親，跟住在東京的比古他們不一樣，隨時都可以來貴船，所以並沒有這時候非抽不可的感覺。
「我去裝神水。」
成親說完，從揹在肩上的托特包拿出空的五百毫升寶特瓶。
「你們也想裝的話，我還有喔。」成親說：「你們看。」打開托特包給他們看，裡面還有三個空寶特瓶。
「今天好像也會很熱，最好先在這裡補充足夠的水分。」
先在現場喝足身體所需的分量，再把寶特瓶裝滿。想帶幾毫升、幾十毫升回家都可以，但是，那麼做就是過度的貪婪行為了。不論做任何事，最重要的就是適可而止。
沒有帶容器，也可以在社務辦公室買用來裝神水帶回家的小寶特瓶。上次成親帶來的朋友，就是在這裡買寶特瓶，裝了神水回家。
這幾天都是晴天，所以從山裡湧出來的神水十分清澈。有時連下幾天雨，就會比較混濁。
夏天也冰冰涼涼的神水，柔順、帶點甘甜，會沁入身體每個角落。

把昌浩那份寶特瓶也裝滿後，一行人來到手水舍前的廣場。

就在這時候，幾名參拜者鑽過漆成紅色的門，進入神社裡面。三個人各自散開，以免妨礙往手水舍聚集的那群人。

手水舍的左側有兩頭馬雕像。雕像旁有用來掛許願小木片的地方，掛著很多稱為「繪馬」的許願小木片。

比古雖不會在神社許願，但也認為應該尊重來向神祈禱、許願的人的心意。不過，當然不會認同違背倫理的願望。

貴船神社是「繪馬」的發祥地。原本是將活馬獻給神，但隨著時代演進，逐漸以木馬、土馬、紙馬替代，到了平安時代就被畫在木板上的馬取代了。

乾旱時祈雨是獻黑馬，雨下得太久，祈禱雨停是獻白馬。神社內的雕像也是黑馬和白馬。

成親望著許許多多的繪馬。他不會無聊到仔細看寫在上面的字，但手寫字所蘊含的念想綻放出來的能量波動，他不想看也會看到。

祈禱他人幸福的繪馬，會綻放出符合念想的沉穩、柔和波動。祈禱自己能實現夢想、得到幸福的繪馬，會綻放出激情、強烈的波動。祈禱他人不幸、想排擠他人的繪馬，會醞釀出紫黑、冰冷的波動。

「不愧是詛咒他人的『丑時參拜』發祥地……」

感受到此起彼落的紫黑色波動，成親悄悄把視線從掛繪馬的地方移開。

貴船神社是以締結姻緣聞名。然而，很多人不知道，想要締結姻緣，就要先斬斷不必要的緣分。很多案例顯示，去締結姻緣的寺廟神社求姻緣，卻反而跟希望能在一起的人斷了緣分，就是因為那是不必要的緣分。

斬斷不必要的緣分，才能迎接真正必要的緣分。

這只是成親的主觀想法，不過，就這層意義來說，這間貴船神社斬斷緣分的效果特別好。成親認為，可能是因為這樣，以前才會在這裡進行丑時參拜。

以丑時參拜為題材的能劇《鐵輪[4]》，成親看過很多次。戲劇通常都能完美落幕，但極少時候，成親會看到帶著真正怨念的東西出現在鐵輪女鬼的後面。

據成親推測，應該是觀眾裡有帶著強烈恨意的人，那股怨念與演員產生共鳴，於是形成了實體。不過，即便有了實體，也是虛弱到只有像成親這樣擁有靈視能力的人才看得見。

成親邊哇哇尖叫邊看戲，通常那股怨念會隨著故事的進展，在鐵輪女鬼下臺的同時消失不見，但只是從舞臺消失，怨念並未消失。那個怨念的主人還在會場的某處，一有什麼狀況，那個怨念又會形成實體。

戴鐵輪的怨女變成了女鬼。成親在心裡暗自對那個不知在何處的人說：「最後會像那樣，再也回不來，所以最好放下那樣的怨念和憎恨喔。」但是那個人當然聽不見。

成親斜視從繪馬散發出來的紫黑色東西，暗自期望當時那個在某處的某人，能在還來得及回頭時獲得拯救。

悠閒地觀賞桂木神木和岩石庭院的比古，忽然想起在哪聽過的事。

「成哥。」

在馬雕像前的成親把頭轉向比古。

「嗯？」

「聽說京都地下有多到令人無法相信的地下水？」

比古走到馬雕像前，紅蓮也從龍船閣旁邊走向成親。

「真的，據說水量多到跟琵琶湖差不多。」

成親邊說邊望向紅蓮。

「沒錯，所以從以前就會有水從京都各個地方冒出來。」

紅蓮非常熟悉平安時代以來的京都，所以他說的話充滿了說服力。

忽然，成親砰地拍了一下手。

「對了，你們之後沒有特定的行程吧？」

比古與紅蓮四目相望。

「昌浩之後也沒有特定行程？」

「是啊。」紅蓮回應。

成親提出一個建議。

4. 敘述一名女子因男人移情別戀，每到丑時就頭戴鐵環去貴船神社詛咒那個男人。

「機會難得，何不來趟神水和靈水之旅？形形色色，很有趣喔。」
京都是世界聞名的觀光地，值得參拜的寺廟神社佛閣多不勝數。光是繞巡名勝，就要花幾天的工夫。
這個建議聽起來很有趣，但是……
「騰蛇，現在幾點？」比古問。
紅蓮看手錶確認，時間剛過九點。
從貴船口到貴船的公車，九點開始發車，所以參拜者會逐漸增加。
等昌浩回來就出發，即使能順暢地進入市內，也要將近一個小時。交通會比來時擁擠，所以最好估計一個小時前後。
「不知道昌浩還要多久。」
「人越來越多了，應該不會太久吧。」
不過，一般人看不見高淤神降臨，只要昌浩小心一點，不要被當成一個人自言自語的怪小孩，被留在那裡一小時、兩小時也不奇怪。
實際上，貴船後殿綠意環繞、空氣清新，是非常舒適的地方，所以也有參拜者會在那裡悠閒地度過一個多小時。
「昌浩什麼時候會回來呢？」
若能在貴船川沿岸道路擁擠之前處理完神的事，就能經由最短路線回到市內，這樣就有時間來趟成親所說的神水與靈水之旅。

三人鑽過立著後殿導覽板的門，走出神社，沿著細長的石階往下走，石階盡頭是停車場。

來的時候，沒有其他車子，現在除了成親的車子之外，還停著兩輛。

把裝著寶特瓶的托特包放進後座的成親，確認過時間後說：

「不如先去後殿吧？」

如果昌浩還在後殿，可以在他出來時攔住他。如果正在往回走的路上，也可以半途帶走他。

「這樣也行……」

紅蓮邊說邊望向龍船閣。

十二神將騰蛇被安倍晴明收為式神時，貴船的正殿就是現在被稱為後殿的地方。因此，現在提到貴船的正殿，浮現在他腦中的還是現在的後殿。

「中殿怎麼辦？不用參拜嗎？」

這句話讓成親面有難色。

「很抱歉，中殿我就不去了，你們想去就自己去吧。」

「怎麼了？成哥。」比古問。

成親眼神呆滯地說：

「那裡是締結姻緣的地方吧？」

「好像是。」

「不久前，有東京的朋友來這裡玩，我就帶他們來貴船……」

成親很熱心地帶他們參觀了貴船神社的正殿、中殿、後殿。朋友是男女各半，其中幾位異性朋友聲稱，這次旅行的目的就是來參拜中殿，所以在中殿待了很長的時間。

既然來了，就要虔誠地參拜，這是安倍家的基本精神。

成親在這裡買了神水肥皂，送給了從大學開始交往的女朋友竹藤篤子，還跟她說因為這樣那樣去了一趟貴船的中殿。

結果挨了一頓罵。篤子逼問他為什麼需要締結姻緣？他解釋說只是帶朋友去，沒有其他意思。整整耗費一個小時，篤子才聽進去了。

也許一開始就應該說，是為了強化與她之間的緣分。問題是，她不是那種會接受安撫之詞的女人，只能實話實說，等她氣消。

今天也跟她說了會來貴船，結果被迫答應不去中殿。

「所以，我絕對不去中殿。」

聽成親說得斬釘截鐵，比古唯唯諾諾地問：

「成哥……你是喜歡她哪裡？」

成親收斂表情，正經地回答：

「我喜歡她的全部，包括那樣子的她。」

「哇，說得好露骨。」

比古手足無措。對方表情堅定，說得那麼直接，反倒是問的人覺得難為情。

看到比古那個樣子，紅蓮輕拍他的頭說：

「別這麼說嘛，成親可是吃盡了苦頭呢。對吧？成親。」

「咦，是嗎？」

比古移動視線，看到成親半瞇起眼睛，遙望著遠方。

「聽著，小夥子，光憑兩人的心意，在這世間也有無可奈何的時候。」

聽到突然起頭的沉重話語，比古目瞪口呆。

成親在雙眉之間擠出了兩條皺摺，沉吟地說：

「回溯歷史，竹藤家發源於藤原北家，家世十分顯赫。那個掌管一族的妖怪婆……我是說那個握有絕對、絕對大權的最年長的婆婆，非常嚴格，對我說如果是在以前的時代，當家的女兒可不是我這種人可以靠近的深閨公主。」

「……」

比古不由得抬頭看紅蓮。多少知道一點內情的人類模樣的紅蓮，正以微溫的眼神望著安倍分家的長男。

成親以理性巧妙地掩飾了近似嘔氣的真心話，露出爽朗到有點虛假的笑容。

「明明已經有我了，婆婆還老是安排她跟以前的華族、貴族的笨蛋……我是說血統純正的次男、三男相親，然後，刻意打電話給我，或是連假裝偶然經過都懶得假裝，直接大搖大擺地闖進我的事務所，拿著相親時彼此交換的自我介紹，對著我高聲嘲笑。這幾年來，我已經被鍛鍊得非常勇健了……」

成親的臉上堆著笑容，眼睛卻完全沒在笑，太陽穴還爆出青筋。

紅蓮在啞然失言的比古耳邊悄悄說：

「他求婚的次數多到一隻手數不完，當事人也答應了，可是，最年長的婆婆猛烈反對，所以毫無進展，已經好幾年了。」

「這……」

比古不知道該說什麼。

這件事太、太悲慘了。

有段時間，甚至計畫乾脆私奔算了。但是，帶走在京都屈指可數的名門家的千金小姐，會影響父親吉昌的工作。搞不好會在京都待不下去，不得不關閉事務所。

總不能給家人添麻煩，所以，兩人討論過後就作罷了。

成親長聲嘆息。

「唉，老人家都年過九十了，還非常健朗，看來是沒那麼容易就怎麼樣。只能耐心地等她壽終正寢，或是想其他辦法，或是不再抗拒，入贅算了。」

聽到這裡，紅蓮睜大了眼睛。

「等等，這件事我可是第一次聽說。」

「哦，是嗎？不久前，我們直接對決，她高聲大笑說有退讓方案……」

成親說到一半停下來，轉過了身子。

「昌浩！」

比古和紅蓮循著揮著手的成親的視線望過去，看到心有餘悸的昌浩向他們走過來。
在距離停車場只剩大約幾十公尺時，昌浩小跑步過來，紅蓮問他：
「高淤神找你有什麼事？」
昌浩半瞇起眼睛，歪著頭說：
「好像是……要我偶爾露個臉……」
所有人都猛眨眼睛，昌浩皺著眉頭說：
「這次被叫來，大概是因為我上了國中，卻沒來報告……吧……」
「蛤？」
「就這樣？」
比古和成親都一陣愕然，一旁的紅蓮按著額頭說：
「啊……仔細想想，祂就是那樣的神……」
昌浩疑惑地望著紅蓮說：
「是嗎？」
「是啊，祂從以前就是這樣。」
「咦咦咦咦咦？」
比古難以置信地大叫，成親啞然失笑。
「原來是這樣啊。」
紅蓮深深嘆口氣說：

「不過，安倍家的人從以前就受祂照顧良多，所以，每逢人生轉折就來報告，也是一種義務吧。」

那就早點跟我說嘛──昌浩在內心這麼嘀咕。

但是，回想起來，春假跟本家一起去參拜以祖先為祭神的神社時，因為時間不夠，沒順道去貴船，就直接回東京了。一定是那次沒去，把事情搞砸了。

成親拍拍苦喪著臉的昌浩的背部，催大家趕快走。

「好了，下山吧。」

紅蓮看看手錶，已經過九點半了。

比古把裝著貴船神水的寶特瓶，遞給坐進後座的昌浩。

「拿去，成哥給的。」

「謝、謝謝。」

走到後殿，單程約一公里，所以往返是兩公里的路程。走起來不累，但喉嚨有點渴了，所以他感激地接過了神水。

神水柔順、甘甜，喝下去通體沁涼，洗清了昌浩多少有一點的疲憊感。

車子開動了，從車窗可以看到沿著道路流動的貴船川。

處處可見的川床，在接近中午時應該會坐滿客人，熱鬧起來。

貴船神域的氣溫，比市內低一些，舒適宜人。下面有河川流動的川床更是涼快。吃飯時，有客人會越吃越冷，這時候可以向店家借上衣。

貴船川的水十分冰涼，連夏天都會冷到跳起來。把走了一整天又累又重的腳浸泡在水裡，就會變輕許多，感覺很神奇。輕微的鞋子磨傷、疼痛，都會瞬間消失，舒服許多。

水的冰冷或許可以解熱、消腫，但昌浩覺得除此之外，在貴船神域流過高淤神腳下的水，應該還具有獨特的治療能力。

昌浩打開車窗，探出頭往後叫喊：

「我會再來！」

扭頭往後看著昌浩把車窗關起來的紅蓮，眼角餘光掃到映在後照鏡裡的光景。在後殿的上空一帶，有道閃閃發亮的銀色光芒，緩緩捲起了漩渦。

由成親負責駕駛的車子，沒遇到塞車就順利下山了。

在路上，昌浩聽比古說了神水與靈水之旅。

以前他就聽說過，京都地底下有很多水，也聽說過到處都有水湧出來。但是，回想起來，還不曾以此為目的繞巡過京都市內。

「聽起來很有趣，可是沒那麼多時間吧？」

昌浩他們預定在本家住一晚，明天大早就回東京。

紅蓮打開車內的常備地圖，嘴裡唸唸有詞。

「應該去不了松尾大社吧？」

「是啊，很想去，但時間太倉卒了。去了松尾大社，整個上午就沒了。」

松尾大社在嵐山，祭神是大山咋神、市杵島姬命，傳說具有種種神威，其中釀酒之神的名聲更是全國皆知。

這裡有聞名的靈泉「龜之井」，被譽為名水。

昌浩和比古都未成年，所以對酒沒什麼興趣。但是，很想去看擁有從平安時代前延續至今的古老歷史的松尾大社。

在後座聽著成親與紅蓮之間唧唧咕咕的昌浩，把視線垂落到手上裝著貴船神水的寶特瓶上。

松尾大社跟貴船神社一樣，是保護皇城的神社。若是為了節省時間，匆匆趕去、匆匆參拜、再匆匆離開，這麼匆忙會對不起神。

「紅蓮，地圖給我看看。」

「好。」

昌浩一開口，紅蓮就把大本地圖集傳到後座。

昌浩跟比古一起看著地圖。成親有平板電腦，平常都是使用地圖軟體。但是，當電腦的電池沒電或是在收不到訊號的地方叫不出軟體，或電子機器因為不明原因突然不能使用時，這本落伍的地圖集就能派得上用場了。

題外話，當出現非人類，或進入這個世界與那個世界之間的界線模糊地帶，大部分的電子機器都會故障，或是電池瞬間沒電。

昌浩和比古都有過這樣的經驗。這種時候，如果道具和聯絡方式只有電子機器，就只能投降了。所以不論去哪裡，他們都會先記住基本地形、可以成為標的物的建築、道路的位置關係。

京都有名的寺廟神社佛閣，幾乎都在昌浩的大腦裡。但他不會開車，所以很難掌握大約需要多少時間。

既然會開車、會騎機車的兩人都說太倉卒，那麼最好不要去松尾大社。

「成哥，松尾大社改天再去吧。」

「我也這麼想。」

昌浩和比古接連著說，成親嘆著氣點點頭。

「說得也是，在路上花太多時間，晚餐要很晚才能吃。」

成親才剛說完，昌浩和比古的肚子就咕嚕嚕叫了起來。

坐在副駕駛座的紅蓮眨了眨眼睛。回想起來，因為是搭第一班車來京都，所以早餐吃得特別早。而且為了方便，只吃了昨晚準備好的三明治。

平時的早餐昌浩會吃兩碗白飯、味噌湯、好幾盤配菜，所以只吃一個蛋三明治、一個鮪魚三明治、一個生菜小黃瓜番茄三明治有點不夠。不，分量是夠了，只是吃麵包比較容易餓。

「比古早上是吃什麼？」

「我嗎？兩個鹽飯糰和昆布茶。」

「太貧乏了！」

昌浩不由得叫出聲來，比古無奈地聳聳肩說：

「多由良和茂由良都跟著我早起，所以，我要替它們準備早餐，東忙忙、西忙忙，時間就過了，感覺就是匆忙用昆布茶把飯糰吞進去。」

昌浩用看著可憐的人的眼神注視著比古。

「比古……你……好辛苦。」

「是你命太好。有神將們為你做種種事，是多麼幸福的事，你好好珍惜吧。」

被苦著臉的比古教訓一頓的昌浩，乖乖地合掌拜謝了副駕駛座的紅蓮。從後照鏡看到的紅蓮，皺著眉頭說：

「光現在感謝有什麼用呢？」

「我一直都很感謝啊。」昌浩激動地說。

比古合抱雙臂，細瞇起眼睛說：

「騰蛇，偶爾讓昌浩做做飯吧？知道辛苦後，他就會由衷感謝你。」

「我會考慮。」

聽到紅蓮的鄭重回應，昌浩瞪大了眼睛。

「咦咦咦，我真是自找麻煩！」

這時，握著方向盤的成親開口說：

「要不要去吃御手洗糰子？」

「要！」

比古和昌浩異口同聲回答。

不覺中，四輪驅動車已經開到下鴨神社周邊。

四輪驅動車停在下鴨神社附近的投幣式停車場，大家都在那裡下車。

「成哥，下鴨神社不是有停車場嗎？」

「有是有，可是，我們還要去下鴨之外的地方。」

神社的停車場是給參拜者停車的。既然有下鴨神社之外的行程，就不該使用神社的停車場。從「糺之森」往北走，是正規路線。但今天時間不夠，所以，他們從公車站附近的岔路進入森林，走向手水舍和南口鳥居。

守護下鴨神社的糺之森，是從繩文時代存續至今的原始林。要說仍殘留著太古之氣也不為過。據說，邊看著宣示世界文化遺產的石碑邊進入森林，從夾在兩條小河之間的表參道往北走，就不會覺得累，很奇妙。可能是環繞的樹氣，可以激發人類原有的活力吧。

成親在南口鳥居前面抱住了頭。

「啊……糟糕。」

「怎麼了？」紅蓮訝異地問。

成親哀號地說：

「下鴨也是締結姻緣的神社……」

「哦……」

紅蓮看著成親的眼神，似乎在說「難為你了」。

鑽過南口鳥居，就是提供護身符、符咒等服務的「授與所」，那旁邊的「相生社」就是以締結姻緣聞名。

昌浩與比古面面相覷。

「我們又不是來求姻緣，沒關係吧？」

「我的目的是水啊。」

「小朋友，你們太天真了。」

聽到眼睛半眯的成親低嚷，昌浩和比古就閉上了嘴巴。或許有些事昌浩他們現在不懂，長大以後才會懂。

下鴨神社的正式名稱是賀茂御祖神社，祭神是賀茂建角身命、玉依媛命。近年來，締結姻緣的形象越來越強烈，其實，也是引導之神、勝利之神，在正方位、除災厄、入學、就業等考試合格、交通、旅行、機器操作安全等多方面，也展現了神威。

從樓門進入的正殿，右手邊有「御手洗社」。因為是蓋在御手洗池上面，而池中水來自流過糺之森的御手洗川，所以又稱為「井上社」。清水從這裡湧出來時會冒泡泡，模仿泡泡外形做出來的糰子就是御手洗糰子。

參拜過正殿，走向御手洗社，看到的是非常熟悉的景色。

「啊，我認得這裡。」

昌浩叫出聲來，成親和紅蓮都點頭說：「我想也是。」

這裡是葵祭的代理齋王，進行淨化儀式的神聖場所。

昌浩在電視新聞和照片，看過正在進行淨化儀式的代理齋王。比古也是，兩人都興致勃勃地環視周遭。

「原來是這裡啊。」

也可以汲水喝，所以昌浩試喝了一點，非常爽口、柔順。京都的水是軟水，所以，整體來說，都可以順暢地流過喉嚨。

然後，一行人走向位於下鴨神社西側的「加茂御手洗茶屋」，這家店最有名的就是御手洗糰子。

要外帶也行，但既然來了，就要坐在店裡吃現做的糰子。

除了御手洗糰子，還有外面有一圈海苔的磯卷、年糕片紅豆湯、蕨餅。

「啊，有雜煮……」

「可以選擇清湯或味噌湯，不錯呢……」

從剛才肚子就咕嚕咕嚕大合唱的昌浩和比古看著菜單。

「我要御手洗糰子和夏季限定的刨冰。」

成親很快就決定了，紅蓮皺著眉苦思。

「磯卷……安倍川年糕……蜜漬小紅豆白湯圓……涼粉……」

難得看到紅蓮這樣嘀嘀咕咕，難以下決定。

盯著菜單看了好一會的東京組，在成親喝完茶時，才終於抬起頭來。

昌浩先開口。

「我要御手洗糰子、清湯雜煮、白玉奶油豆沙水果涼粉。」

「我要御手洗糰子、味噌湯雜煮、蜜漬小紅豆白湯圓。」

果然少不了御手洗糰子。店內幾乎座無虛席，店外也有外帶的客人在排隊。

沒多久，點的東西陸續上桌了。一行人先專心吃東西，不到二十分鐘就全掃光了。

「飽餐一頓了，真好吃。」昌浩對著空碗盤雙掌合十，心滿意足地喃喃說道：「御手洗糰子真的很好吃，可是，沒辦法帶回去給爺爺吧……」

就是現做才這麼好吃。即使明天回去前來外帶回家，做好後經過好幾個小時的御手洗糰子，味道還是會有差吧？

「下次一起來就好啦。」成親拍拍昌浩的肩膀。

「嗯。」昌浩點點頭。

「我可以去幫真鐵和茂由良、多由良買禮物嗎？」

「那麼，我跟成哥先回車子。」

紅蓮先站起來，去結帳了。比古要把自己那一份的錢給紅蓮，但紅蓮懶得計算，不肯收。

比古買了自己也想吃的細麵和當地特產，再去跟在店外等的紅蓮會合，一起走向停車場。

等比古和紅蓮把買回來的禮物放進四輪驅動車裡，成親便邁開了步伐。

「成哥，接下來要去哪裡？」昌浩問。

成親邊走邊回答：

「越過高野川與鴨川會合的鴨川三角洲，再從寺町通走一小段路，就可以到梨木神社和清淨華院。」

走到那裡大約十分鐘的路程。

「其實，也很想去上賀茂神社。」

上賀茂神社的正式名稱是賀茂別雷神社，祭神是賀茂別雷大神，具有除厄、開運、避雷、必勝、除災難、守護電氣產業等神威。

既是神水與靈水之旅，就不該少了上賀茂——成親這麼想。但是，從貴船到市內的一路上，昌浩和比古的肚子叫個不停，實在太可憐了。

所以，成親放棄了上賀茂神社，直接帶他們去了加茂御手洗茶屋旁的下鴨神社。

經過以京都為舞臺的電視劇經常出現的鴨川三角洲後，跟在帶路的成親後面的紅蓮，不解地叫住了成親。

「喂，成親。」

「嗯？」成親轉頭往後看。

「這是神水與靈水之旅吧？」紅蓮訝異地問。

「是啊，怎麼了？」

紅蓮顯得更訝異了。

「梨木神社的染井的確很有名，但是，清淨華院有這一類的水嗎？」

自認為通曉京都的紅蓮，並不記得那間寺廟有神水或靈水。

成親得意地冷哼了一聲。

「呵呵，我竟然知道騰蛇也不知道的京都情事，真想誇誇自己。」

聽到這句話的昌浩，偷偷對比古說：

「已經在自誇了。」

「那張臉怎麼看都像是在自誇。」

成親瞪一眼交頭接耳竊竊私語的弟弟和小老弟，說：

「我聽說找到了之前一直下落不明的泣不動畫像，已經完成修復，舉行了盛大的法事。」

昌浩眨了眨眼睛。

他聽說過，那是被指定為國家重要文化財的《泣不動緣起》畫卷裡的不動明王畫像。

看起來像是有流淚的痕跡，所以稱為「泣不動」。

至於不動明王為什麼會流淚，跟昌浩的祖先——平安時代的大陰陽師安倍晴明——有關。

昌浩知道有關，但老實說，並不清楚《泣不動緣起》畫卷是什麼內容。凡是以陰陽師為題材的電視節目或雜誌，都會出現的安倍晴明畫像，就是畫在《泣不動緣起》的畫卷上。除此之外，也有其他安倍晴明的肖像畫，但是，據說率領式神的畫像，只有在《泣不動緣起》的畫卷裡才有。不過，這只是傳聞，因為從來沒有確認過是否屬實。

回家後查個仔細吧——昌浩暗自下定決心。

「我對傳說中跟祖先有關的那個畫像很有興趣，所以，聽說現在隨時都可以參觀實物，就找個假日去看了。」

清華院是知者知之，不知者不知的佛閣。以知名度來說，旁邊的廬山寺更有名，因為廬山寺是世界最古老的長篇小說《源氏物語》的作者紫式部的住宅遺址。

五月的某個晴天，成親來到位於皇宮御所東側的清淨華院。

清淨華院前面，有間梨木神社，建於明治以後，是歷史較短的神社，但是，是有名的蘆荻勝地。

「染井之水」是京都三名水之一，從很久以前，成親就想去看湧出染井之水的井。

「我想正好可以兩邊都去看看。」

他先去參拜梨木神社，再去看刻有「染井」二字的井，懷著「就是這口井啊」的心情看了好一會。正想試喝時，有兩組共計九名的女性參拜者走過來，他只好把試喝的機會留到改天，先走出了神社。

位於梨木神社旁的清淨華院，門戶大開，不太有觀光地的氛圍。

除了成親，沒有其他觀光客，寂若無人。

正猶豫著該不該進去時，恰巧有個身穿工作服的僧侶經過。

成親叫住那位戴眼鏡的細瘦僧侶，詢問可不可以參拜，那位僧侶爽朗地招呼他說：

「請進、請進。」還仔細告訴他泣不動被供奉在哪裡。

進去後左手邊的大伽藍裡的主佛的左側，就供奉著成親想看的泣不動畫像。比想像中小很多的畫像，被收在高雅精緻的佛龕裡。

儘管很驚訝比預期中小，但成親從小就聽說這位不動明王曾經協助過祖先，所以還是無限感慨地想：「原來這就是不動明王啊。」

說不定自己哪天也會需要協助，所以，成親雙手合十祈禱：「到時候就麻煩您了。」

成為「泣不動」這個名字的由來的淚痕，因為伽藍裡微暗，看不清楚。

即便如此，成親還是滿足地踏出了伽藍，這時候才發現有手水舍。

「我心想糟了，可是來不及了。」

成親邊想下次來一定要先淨手，邊靠近看是怎麼樣的水。那裡立著看起來很新的木牌，上面寫著「華水」，不知道是念成「KASUI」還是「HANASUI」。

剛才那位僧侶在寺務辦公室，所以成親出聲向他詢問，他說念成「KESUI」。

「聽說是供奉泣不動之前沒多久，因為某件事開挖，結果湧出了百年前的水。」

「某件事？」

成親聳聳肩說：

「聽說是佛的引導，對方沒有說得很詳細。」

不過，佛的引導應該是真的。被稱為華水的水，可以淨化污穢和沉滯。

「真的嗎？」昌浩疑惑地問。

成親瞇起眼睛說：

「我看過了，的確沒錯，那是很厲害的水。我不知道對太過污穢的東西有沒有效，但的確能洗淨稍微污穢的東西。順帶一提，很好喝。」

「你喝了？」

成親對瞠目結舌的比古說：

「我喝了，還帶了一點回家泡茶，喝起來滑潤爽口。」

幾天後，又去喝了梨木神社的染井的水，感覺華水並不輸給京都三名水。

「祭祀祖先的神社裡的井水也不錯，但是，那裡的人有點多，不好意思一次帶走太多。」

「哦……」

想起一条戻橋附近的祖先的神社，昌浩露出同感的表情。

哥哥說得沒錯。神社內有五芒星圖騰的晴明井的水是好水，一碰觸就能洗淨污穢。但參拜者絡繹不絕，在假日、節慶時，井前經常大排長龍。

昌浩和成親親眼看到祖先的靈威現在還能吸引人們，都覺得很驕傲。然而，認識安倍晴明本人的十二神將，似乎有不同的感慨。

「到了、到了，就是這裡。」

成親指著很大的門，左邊的石碑上大大刻著「大本山．清淨華院」。

梨木神社在隔著寺町通的對面。再裡面是京都御所，聽說不時會看到皇宮警察的騎兵隊在巡視，但昌浩還沒看過。

「先去梨木神社……」

成親還沒說完，凝視著大本山的門的比古，忽地皺起了眉頭。

「是不是有什麼東西？」

直盯著門裡面的比古低聲咕噥，一旁的昌浩也定睛細看。

「那是什麼東西呢？身輕如燕……」

聽到兩人說的話，成親也定睛注視。然而，遺憾的是成親的眼力遠不及昌浩和比古，看不見他們說的「什麼東西」。

昌浩和比古鑽過門，去追那個什麼東西。成親無奈地跟在他們後面，紅蓮嘆口氣，跟在他們幾個人後面鑽過門。

昌浩他們追到大伽藍附近，似乎跟丟了那個什麼東西，視線四處徘徊，東張西望，半晌後深深嘆了一口氣。

「消失了……」

「躲起來了嗎？」

成親為了安慰不甘心的昌浩和比古，指著大伽藍說：

「既然來了，就去拜拜御影堂的泣不動吧。」

走在直直通往大伽藍的石子路上的紅蓮，突然在全新的小神社前停下來。

正要脫鞋走上大伽藍的昌浩，看到紅蓮滿臉詫異地注視著全新的神社，不禁疑惑地問：

「紅蓮，你怎麼了？」

正要爬上大伽藍階梯的比古和成親，也訝異地看著紅蓮。

注視著神社好一會的紅蓮，看起來真的很驚訝，開口說：

「沒想到這小子會在這裡……」

昌浩重新把鞋穿上，跑向紅蓮。

「這小子？」

紅蓮望向了成親。

「成親，這神社是？」

突然被問的成親搖搖頭說：

「不知道，我上次來的時候還沒有，應該是最近蓋的。」

成親說得沒錯，神社還很新，看起來就像是最近才剛蓋好的。

昌浩目不轉睛地盯著神社。由古銅色屋頂與原色木材構成的神社，新得像是剛蓋好的，臺座也很漂亮。坐鎮神社左右的靈狐，胸前掛著紅色圍兜。

從這對靈狐可以知道，這是祭祀稻荷神的稻荷社，但不知道紅蓮在看什麼。

注視著稻荷社的昌浩，忽地瞇起了眼睛。

「咦……這裡有兩尊稻荷大人？」

紅蓮嘆口氣，點點頭說：

「是啊，一尊是高級稻荷。」

「另一尊呢？」

「是以前晴明使喚的狐。」

「啊？」

昌浩不由得張大了嘴巴，紅蓮半瞇著眼睛說：

「你不信就算了，怎麼看都像是我認識的那隻狐，也做得太像了。」

「哦。」

在這種狀況下，只有紅蓮能證實真假。既然本人這麼說，應該就是吧。

昌浩又仔細觀察神社。祖先使喚的狐，就是白狐吧？這隻白狐不知道在怎麼樣的因緣際會下，變成現在這個樣子，總之，就是被供奉在這間神社裡了。

「那位祖先使喚的白狐啊……」

沒想到這趟神水與靈水之旅，會在意想不到的地方遇見意想不到的東西。

「嗯？」昌浩猛眨一下眼睛說：「難道剛才看到的就是那個？」

他抬頭看紅蓮，紅蓮聳聳肩說：「應該是吧。可能是察覺到我的氣息，或是對你們這些子孫產生反應，慌忙從神社跑了出來。」又接著說：「可是，沒看到以前追隨的那個人的身影，所以警覺地縮回去了。」

昌浩行兩次禮，拍響兩次手，然後雙手合十，在心裡唸誦祝詞，最後再行一次禮。因為不知道被供奉在這裡的兩尊稻荷的名字，所以就當作是這個地方的稻荷大明神來拜。

然後，再去大伽藍，拜完主佛，再拜左邊的泣不動。

「就是這張啊……」

這張畫像如雷貫耳，沒想到真的存在。

存在於故事裡、只聽過傳說、非常遙遠的東西，就在眼前。

雙手合十、閉著眼睛的昌浩，思緒澎湃飛揚。

傳說是大陰陽師的祖先，是不是真如那幅畫卷所畫那樣，為他人替換了生命？而這位不動明王是不是真的為成為替身的人落下了眼淚？

在神社膜拜時，要拍響手掌。但是，在佛閣膜拜時，正確做法是不要拍響手掌，雙手靜靜合十。

唸完不動明王真言的昌浩，抬起頭看著收在佛龕裡的泣不動。

他定睛凝視，搜尋眼淚的痕跡，但是，很遺憾，還是看不清楚。有看起來很像的地方，但昌浩沒有自信可以斷定絕對就是。

開始以陰陽師的身分獨自工作的昌浩，經常有機會唸誦不動明王的真言。以前都只是籠統地想像不動明王的模樣，今後腦中應該會自然浮現這個泣不動的模樣。

我也算是安倍晴明的子孫，今後在緊要關頭，請協助我。

閉著眼睛這麼祈禱的昌浩，感覺泣不動在眼底答應了他。

他們出了清淨華院，就去參拜梨木神社。看染井的井看得太興奮，不知不覺浪費了很多時間。

察覺時，已經下午兩點多了。

走向停著四輪驅動車的停車場時，成親一路都懊惱地嘀咕著。

「成哥，接下來要去哪？」昌浩問。

成親輪番看了昌浩、比古、紅蓮一圈。

「原本打算去新京極的錦天滿宮和市比賣神社，但市比賣就算了。」

「為什麼？」比古眨著眼睛問。

回答他的是紅蓮。

「市比賣神社[5]一如其名，是女性的守護神。」

成親點點頭說：

「市比賣神社的天之真名井，被稱為落陽的七名水。老實說，我也沒去過，我想這次是好機會，去拜拜也好，可是……」

光一群男人去拜女性的守護神，有點高難度。但是，即便如此，如果時間充足，還是會考慮去。

「那麼，要去新京極的錦天滿宮嗎？」比古側首問。

成親的表情像是在思考什麼。
「本來是這麼打算……」
這時候走到了停車場。四輪驅動車的鎖一解除，成親就把四扇車門全打開。開開關關好幾次車門，讓變成三溫暖般的車內空氣流通後，好不容易溫度才降到可以坐進去。
坐進後座的昌浩，沮喪地拉長了臉。留在車內的寶特瓶，都變成開水了。
「最好別喝了吧？」
「——」
成親和紅蓮默默點頭。貴船神水應該沒那麼容易壞，但不是絕對不會壞。
比古失望地皺起眉頭。
「啊，好可惜……」
「早知道就全部喝光……」
坐在副駕駛座的紅蓮，回過頭對沮喪的昌浩說：
「等涼了，灑在本家的庭院就行啦。」
昌浩不想隨便倒掉貴船的神水，所以接納了紅蓮的提議。
「嗯，就這麼做。」
發動的四輪驅動車，越過鴨川進入河原町通，直直南下。

5.發音為ICHIHIME，與「一姬」相同。

在御池通右轉，進入富小路通，再稍微往南，四輪驅動車就停下來了。

「這裡是六角通吧？」熟知地形的紅蓮說。

成親點點頭，轉頭面向後座的兩人。

「你們從這裡開始走，先去看錦天滿宮，再走到四条通。」

昌浩和比古張大了眼睛。

「咦，就我們兩個？」

「成哥呢？」

「停車場可能沒位子，所以我隨便繞繞，你們到四条通就打電話給我，我去接你們。」然後，成親轉向紅蓮說：「拜託你了。」

「知道了，我們走吧。」

雖然可以靠路肩暫停，但馬路太窄，不能長時間停車。

三人下車後，四輪驅動車就開走了。

成親說隨便繞繞，就會真的漫無目的地繞來繞去吧。

「這邊。」

紅蓮帶路，昌浩和比古跟在後面。

從六角通往東直走到底，就是新京極通。新京極通前面那條四町通，也有各式各樣的商店林立，非常熱鬧。紅蓮告訴他們，這裡是四町京極商店街。

「喔！」

昌浩由衷讚嘆。回想起來，去過因緣相關的神社和貴船無數次，卻幾乎沒有去過那些地方之外的京都觀光。

新京極也只聽過名字，這是第一次來逛。

聽到昌浩這麼說，比古張口結舌。

「原來昌浩是京都觀光的初學者啊。」

「我倒沒這麼想過呢，你說得沒錯。」

儘管如此，但因為常聽祖父、雙親和神將們提起，所以感覺很熟悉。

走在新京極通的昌浩，感慨萬千地低喃：

「光聽和實際來走一趟，真的差很多。新京極這邊有很多寺廟呢。」

誓願寺、大善寺、誠心院、光明寺、以蛸藥師堂聞名的淨瑠璃山永福寺、常樂寺。

感覺寺院應該是在寺町京極商店街沿街這邊，實際上卻是新京極通這邊有很多寺院。

三人走了一會，看到紅、黑色的木柵欄，和寫著錦天滿宮的燈籠。

「那是錦天滿宮。」

在天滿宮正面停下來的昌浩和比古，張大了嘴巴。

天滿宮的兩邊都是商業大樓，建築物十分逼近天滿宮用地。

入口處兩旁立著紅、黑色的木柵欄，離紅蓮頭頂不遠的上方，懸掛著八個燈籠。

由左至右，是兩個星梅缽紋的圓燈籠，四個分別寫著錦、天、滿、宮的圓燈籠，最後是

兩個只有紅色星梅缽紋的燈籠。

更上方是縱長形燈籠，共三排，每排十一個，上面印著星梅缽紋和像是新京極的商店名稱的文字。

「在商店街的正中央呢……」

「太……厲害了……」

驚愕的昌浩猛眨眼睛。

「那個……懸掛著燈籠的東西……不是鳥居。」

仔細一看，懸掛著燈籠的木框前面，立著兩根石柱子。

聽到昌浩這麼說才注意到的比古，喃喃說道：

「真的呢……」

「第一鳥居在後面。」

聽到紅蓮這麼說，昌浩和比古都轉身往後看。

直直延伸到寺町京極商店街的馬路途中，有座石造鳥居。也就是說，在燈籠後面的石柱是第二鳥居。

兩人恢復鎮定，走過燈籠下方，正要鑽過鳥居時，湧現奇妙的感覺，停下了腳步。

「……」

昌浩和比古回頭看第一鳥居，皺起了眉頭。注視著鳥居好一會的兩人，慢慢張大了眼睛，看著紅蓮。

「紅蓮……」
聽見愣愣的叫喚聲，紅蓮露出「終於發現了啊」的表情回應他們。
「怎麼了？」
瞪大眼睛的比古，站在整個人呆住的昌浩旁邊，指著第一鳥居說：
「貫……島木……笠木……」
貫、島木、笠木都是鳥居的橫木部分。
「都嵌入了……兩邊的大樓裡。」
比古好不容易才把話接著說完，連眼睛都眨不了的昌浩頻頻點頭。
紅蓮默然望向鳥居。
沒錯，這座錦天滿宮的第一鳥居，橫木的兩端都插入了後來才蓋的兩旁的大樓的牆壁裡。
「怎麼會……這樣……」
「那是鳥居耶……鳥居怎麼會……」
兩人震驚到說不下去了，紅蓮滿臉嚴肅地打破了沉默。
「這裡以前是更寬敞的參拜道路。」
張口結舌的昌浩和比古，分別是陰陽師和祭祀王的後裔，這種狀態遠遠超出了他們的想像範疇。
坐鎮在鬧區的天滿宮，很小一間，宛如顧慮兩旁的鄰居，縮起了身軀。

但是，天滿宮應該沒有往其他地方遷移的選擇。

因為這一帶放眼望去都是寺廟，這間坐鎮在錦市場東端的天滿宮，恐怕是唯一的一間神社，是守護周邊一帶的神社。

「在神佛混淆的時代，也稱為歡喜光寺，可是，明治時不是頒布神佛分離令，掀起了廢佛毀釋運動嗎？所以只剩下天滿宮了。」

「哦。」

「然後，隨著時代變遷，土地被變賣，就變成這樣子了。」

大樓緊臨用地蓋起來的結果，就是鳥居的貫、島木、笠木都插進了牆壁裡。

表情愕然的昌浩抬頭仰望鳥居，半晌後冒出一句話：

「天滿天神……還真寬大呢……」

「該說寬大……還是看破了呢……」

天滿宮供奉的祭神菅原道真，是昌浩的兒時玩伴螢的遙遠祖先。菅原道真與貴船的祭神高淤神不一樣，原本是人類，後來才被當成神祭祀。

原本是人類的天滿天神，或許比高淤神那種天津神，更願意聽人類說話吧。

「沒有過什麼報應嗎……」比古不由得這麼低喃。

紅蓮默默遙望著遠方。

昌浩瞪大了眼睛。

「有過嗎?!果然有過?!」

「你說呢……」

紅蓮不置可否。

昌浩與比古面面相覷。什麼事都沒發生過最好，即使發生過，一定也被掩蓋了，當成沒發生過。

應該就是這麼回事吧——都成了奉行「敬鬼神而遠之」的案件。

兩人互看一眼，無言地點個頭，以視線告訴彼此不要再深入追究了。

其實，態度看似故弄玄虛的紅蓮，搞不好真的什麼也不知道。因為鳥居嵌入大樓的當時，十二神將已經搬到東京了。

或許是本家出手做了什麼事，但是，至少東京的分家沒有接到任何通報，也沒聽說爆發過本家的陰陽師無法應付的天大事件。

不過，沒接到通報，並不代表什麼事都沒發生。直接相關的人都已經登上了死亡簿，可以說是無從確認了。

沒有發生過或沒發生過的確鑿證據，所以衍生出如此曖昧的對答。

紅蓮絕對沒有糊弄他們的意思，只是擔心若是說得太白，他們很可能會說要自己去調查。

遠從千年前起，這個京城就發生過許多不可思議、光怪陸離的事。隨便碰觸那一類的事，大有可能引發超越想像範圍的嚴重事態。

紅蓮非常清楚昌浩與比古的實力，但不可否認的是經驗不足。

做正確的處置，以防止他們暴衝，也是護衛的責任。

「好了，去參拜吧。」

被紅蓮催促，昌浩和比古才想起來這裡的目的。

那就是京都的神水與靈水之旅。

鑽過燈籠的兩人，不由得仔細看第二鳥居的橫木。雖然緊臨兩旁牆壁，但總算保有原來的模樣。

兩人都打從心底鬆了一口氣。可是，那座第一鳥居實在是……

讓人深深覺得，這裡的天神大人真的非常寬厚。

「我想一定是負責祭祀地方守護神的氏族的子孫們，都會按時舉辦祭禮。」

比古深深點頭，贊同昌浩說的話。

「我也這麼想。另外，像我們這樣來觀光的參拜客，也會為種種事合掌膜拜，炒熱氣氛，所以神也很開心吧。」

小小的神社用地內，有四間附屬神社，十分擁擠。每一間都整理得非常潔淨，給人明亮的感覺。

在神社內做沒禮貌的動作，或是對神、對人口出惡言，都是帶著污穢的行為，必須謹言慎行。只要遵守這個原則，以虔誠的心參拜，就一定能夠積德，只是分量因人而異。

所謂的「德」，就像無形的幸福種子。累積得越多，人生就越幸福。

但是，並非每一間神社都可以參拜。非常荒涼蕭條，讓人覺得不舒服的神社，最好不要靠近。

那種地方的神很寂寞，有可能陷入精神不佳的狀況。

這種神稱為「飢神」。是處於飢餓中的神，所以稱為飢神。飢餓就是飢渴、空腹，也就是指被遺忘、被拋棄的神，變成邪惡東西的狀態。

但是，只是陷入不好的狀態而已，所以還有可能復原。

安倍家和九流家偶爾也會接到這種讓神復原的委託案。至於要不要接，就看情形了。

要讓飢神回復到不飢餓的狀態，非常困難，要豁出性命。

當判斷豁出性命也必須去做，就會抱著必死的決心接下委託。但昌浩暗自期盼，希望負責祭祀地方守護神的氏族的子孫們，以及當地的人們，或是從事神職的人們，都能在神變成那樣之前，用心地執行每天的祭神儀式，不要讓神變成那樣子。

有用心執行每天的祭祀的地方，感覺就很舒服，貴船神社也是這樣。

不過，投不投緣因人而異，貴船雖然整潔，但可能也有人覺得不適合自己。

進入天滿宮，左手邊就是手水舍，昌浩邊淨手邊說：

「我很喜歡這種給人明亮感覺的神社。」

「嗯，我也是。」

點著頭的比古，直立勺子，用剩下的水洗淨長柄，再把勺子放回原處。

左手邊是手水舍，右手邊是一座牛雕像和另一個手水舍。

「咦，神社有兩個手水舍？」昌浩疑惑不解。

詫異的比古用手指按著下巴說：

「像伊勢那麼大的地方，有好幾個也可以理解，可是，這間天滿宮應該一個就夠了啊。」

右手邊的臥牛雕像，原本應該是黑色，但是，被許多人摸過後，突出來的地方都變成了金色。

供奉昌浩的祖先為祭神的神社，有尊桃子銅像也是這樣。

參拜正殿後，再去看另一個手水舍，發現旁邊有個立牌。

「是京都名水『錦之水』啊。」

比古唸出立牌上的字，昌浩立刻用左手拿起放在那裡的勺子汲水，試喝了一口。

「啊，這裡的水也很柔順、清爽，很好喝。」

很可惜，貴船的神水都成了開水，所以昌浩和比古在這裡充分補足了水分。

盯著左側手水舍看的紅蓮，發現左後方的柱子背後安裝著水龍頭。

「是要讓大家在這裡裝水嗎？」

好貼心的設計。

哪裡的水都一樣，只要運到離開汲水地的地方，不知為何大多會變味。換了地方，在所難免，但是，難得的好水不再是好水，終究是件遺憾的事。

不貪心，只取自己現在需要的分量，才是對的。

「如果有寶特瓶，就可以帶給成哥了。」

知道有水龍頭的昌浩，心中滿是遺憾。

比古摸著原色是黑色卻到處變成金色的臥牛雕像，對昌浩說：

「成哥隨時可以來，沒關係啦。」

「是嗎？」

昌浩站在比古旁邊，摸著臥牛雕像的肚子。越常被摸的地方，就越容易磨損成金色。

說到神的使者，天滿宮是牛，稻荷社是狐，三峰神社是狼，春日大社是鹿。

紅蓮也走過來，輕輕撫摸臥牛雕像的角。

「這張臉不錯呢。」紅蓮讚嘆地低語。

昌浩回他說：

「備受重視，臉自然好看啦。」

用雙手撫摸牛下巴的比古，把稍微歪掉的紅色圍兜挪正。

「很好，變成更帥的牛了。」

比古顯得很滿意，原本沒表情的牛，彷彿在說：「是嗎？」臉上泛起得意之色。

每天都像這樣接收許多人的念想，被人們帶著祈禱與希望到處撫摸，不等百年就變成妖怪也不稀奇。

神社占地雖小，卻有很多亮點，包括抽籤機器。
出了錦天滿宮，從新京極通往南走，就到了四条通。
打電話給成親，他說他就在附近繞，馬上就到了。
從新京極通隔著四条通的幾乎正對面，有間八坂神社的御旅所。
三人難得來一次，就穿越斑馬線去了御旅所。
七月的京都幾乎都在忙祇園祭，京都的祇園祭原本是驅逐疫病的儀式。
「我記得是祭祀其間，八坂的神坐著神轎來，在祭祀結束回家之前都會住在這裡，所以稱為御旅所。」
按著太陽穴的紅蓮，從記憶拾取知識，告訴了他們。
「哦，我聽說過，原來就是這裡啊。」
「無言參拜也是這裡吧？」
無言參拜正如其名，就是無言地參拜，也就是所謂的許願。
「那種參拜要連來幾天呢？」
應該在哪裡讀過或聽說過，比古卻忘了詳細內容。
昌浩抬頭看著紅蓮。合抱雙臂的紅蓮，視線也猶豫地飄來飄去。
「是幾天呢？」
如果有無論如何都想實現的願望，對無言參拜懷抱著非比尋常的熱情，或許可以馬上回答，但遺憾的是，對紅蓮來說，無言參拜是不太熟悉的習俗。

不過，不能告訴任何人，面對神也不能發聲說出來，只能在自己內心深處暗自祈禱的念想，感覺太悲哀了。

不論是什麼願望，這麼做就代表只能求助於神了。

「現在還有人這麼做嗎？」昌浩喃喃詢問。

比古環視周遭說：

「我想還有吧，似乎有些殘留。」

聽比古這麼說，昌浩也屏氣凝神觀看。

瞬間，感受到痛徹心扉的許願殘渣漂蕩的氛圍。

這種念想似乎特別容易滯留在京都這片土地上。

此時，熟悉的四輪驅動車停在眼前。看到坐在駕駛座上的成親，三人急忙鑽進車內。

「再晚一點，就會遇上傍晚的尖峰時刻。」成親鬆了一口氣。

後座的昌浩探身向前對成親說：

「成哥，接下來去哪？」

「八坂也有湧出來的神水，不過都是神社。」

沒錯，除了清淨華院外，都是神社。

八坂神社有正殿東側的神水，還有附屬於神社的美御前社旁湧出來的水，稱為美容水，尤其有名，據說抹在皮膚上就能美膚。

比古與昌浩相對而望。

「那裡等彰子和螢一起來的時候再去吧，她們會很開心。」

「也對。」

成親和紅蓮也贊成他們兩人的見解。

市比賣神社也一樣，光四個大男人也不會想去。

「那麼，去東山……」

從四条通往東開的四輪驅動車，在八坂神社的西樓門前右轉，從東大路通前進。

盯著路標的昌浩，看到清水寺的文字。

「成哥，要去清水寺嗎？」

昌浩對著後照鏡問，映在鏡子裡的成親瞥了昌浩一眼。

「去那裡之前，要先去另一個地方。」

比古看看手錶，快四點了。

從市內到安倍本家可能要三十分鐘，所以，即便夏天的白天比較長，也想去清水寺的話，頂多只能再繞去一、兩個地方。

聽說清水寺周邊是特產店鱗次櫛比的觀光景點。其中最常聽說的是二年坂、三年坂，也經常在電視的京都特集看到。

比較想去的是八橋的本家和元祖。其實也沒什麼大不了，但是，本家與元祖到底哪裡不一樣這件事，就是微妙地盤據著大腦。

原本想若是來京都就買來吃，比較看看。但是，會有時間購物嗎？
如果時間不夠，也不是急到非買不可，等下次有機會再買也行。
望著車窗外好一會的紅蓮，發現快到清水道十字路口的四輪驅動車，開始閃爍右轉的方向指示燈。
號誌燈亮起紅燈，四輪驅動車停下來。
看著方向指示燈好一會的紅蓮，發出低沉的嗓音。
「成親……」
「什麼事？」
儘管強裝鎮定，紅蓮還是聽出他的語氣有點緊張。
「你要去哪？」
「呃，去買一下特產。」
聽到簡短回答，紅蓮悄然瞇起了眼睛，但沒再說什麼。
燈號轉綠，四輪驅動車右轉到松原通，直直往前開。道路狹窄，兩輛車要錯車都有點困難。
四輪驅動車開沒多久，就靠路肩停下來了。
發現副駕駛座的紅蓮臭著臉不發一語，昌浩眨了眨眼睛，輕聲問：
「紅蓮，你在生什麼氣？」
紅蓮扭頭往後說：

「我沒生氣。」

聽到冷漠的語氣，昌浩與比古面面相覷。

騙人，那張臉、那語氣，絕對是在生氣。

但是他們不知道紅蓮生氣的理由，剛才明明還顯得悠然自得。

「到啦。」

成親解開安全帶，打開車門，昌浩和比古也跟著那麼做。

他們走到成親那裡，回頭一看，紅蓮滿臉不悅地嘀嘀咕咕，心不甘情不願地走出了車外。

四人到齊後，成親指向了白色牆壁旁的石碑。

昌浩和比古靠近石碑。

「六道……辻……」

往周遭望去，白色牆壁邊緣還立著石柱。

仔細一看，上面刻著很眼熟但不太想見到的那位仁兄的名字。

「小野……篁……卿……呃，下面是什麼字？」

小野篁卿下面的字太細，看起來支離破碎，讀不出來。不過那個字即使刻得夠清楚，大概也不會唸。

不認識的字的下面，刻的是「跡」字。

就在兩人低聲沉吟時，紅蓮悄然走到了他們背後。

「小野篁卿舊跡。」

「舊、舊跡？」比古皺起了眉頭。

紅蓮用缺乏抑揚頓挫的語氣回應他。

「是新旧的旧的旧字體。」

「旧字體？」

昌浩和比古又仔細看那個不會唸的字。紅蓮說是新旧的旧，可是，字形看起來一點也不像。

不知道新字體與旧字體差別這麼大，不會唸也沒什麼。

這件事不重要。

昌浩眨眨眼睛說：

「既然是小野篁卿舊跡，也就是……」

他看了比古一眼，兒時玩伴比古也點頭回應他。

「跟那個冥官相關的地方？」

然後，兩人都悄然抬頭看著紅蓮。

所有神將抓到機會都會告訴昌浩，紅蓮與小野篁從很久很久以前就有扯不清的關係，被小野篁惡整過很多次，嘗盡了辛酸。

說起來，算是仇敵吧。不懂成親在想什麼，竟然刻意把他帶來與那個仇敵相關的地方。

紅蓮的冰冷眼神似乎在說：如果是故意整我，看我怎麼收拾你。

「你們過來啊。」

被射人的目光盯住的成親，表情有點僵硬，對著弟弟和小老弟揮手。

昌浩和比古順從指示走過去。默默無語的紅蓮，面目猙獰地跟在後面。

用地比剛才的錦天滿宮遼闊許多。

裡面停著幾輛轎車，可能是周邊住戶的車。

並沒有整理成停車場的樣子，可能是寺院出於善意讓住戶停車，或類似那樣的情況。

看起來像是觀光地，卻與住戶之間維持著密切的關係。

「不過，這也很正常，對鄰居要好一點才行。」昌浩喃喃自語。

往裡面走的成親對著他喊：

「這邊、這邊。」

昌浩和比古小跑步跑過去，看到像是正堂的建築物的右側後面，有小神社、幾尊地藏菩薩、石柱，以及纏繞著掛滿長條紙的注連繩的……

「井……」比古喃喃低語。

成親抿嘴一笑說：

「對，是井，也是通往冥府的入口。以前，冥府的官吏就是從這口井去冥府。」

「哦！」

昌浩張大眼睛，往井裡瞧。蓋子是格子狀，可以從空隙觀看井內。

成親得意地說：

「雖然不能碰、不能喝，但也跟水有關，所以我想應該讓你們看看。」

昌浩與比古彼此對望，兩人的眼神好像想到了什麼。

「哦……」

看了也不能怎麼樣。不過，與那口井相關的仁兄神出鬼沒，每次都是突然出現，然後提出非常無理的要求。

是絕對不想扯上任何關係的對象無誤。雖然無誤，但是，完全陌生地面對他，與多少有些預備知識再面對他，之後的經過與結果可能會不一樣。

有備無患嘛，一定是這樣。

「接下來……」

這時，成親看錶確認時間，昌浩也跟著確認。

四點剛過一點點。

「我記得有閻魔大王和小野篁的雕像……」

稍微環視周遭的成親，看到停在門口處合抱雙臂的紅蓮雙眼呆滯，不禁輕聲嘆息。

「算了，去下一個地方吧。」

繼續待在這裡，紅蓮的心情會越來越糟。

那個冥官根本不在這裡，他卻只因為來到相關的地方就悶悶不樂，可以想見發生過太多事了。

成親帶頭，昌浩和比古跟著他走出了門外。等他們出去才轉過身來的紅蓮，突然停下了腳步。

他感覺脖子附近有股刺人的視線，全身寒毛都倒豎起來。

他以慢動作回頭往後看，小心謹慎地窺伺周遭。

剛才沒有任何人影的閻魔堂的陰影處，竟然有個全身黑衣的修長男人，笑得十分傲慢。

紅蓮的太陽穴爆出青筋。僅僅只是站著而已，從他全身散發出來的氛圍卻有了明顯的變化。

正要進入四輪驅動車內的昌浩，察覺從門那邊飄來凌厲的殺氣。

「咦，紅蓮？」

慌忙折回去的昌浩，看到在門口擺出備戰姿態的神將，以及面對紅蓮的兇狠目光卻滿臉不在乎地淡淡笑著的全身黑衣的仁兄，嚇得他驚叫一聲。

沒有錯，那就是冥府的官吏小野篁本人。

昌浩才剛這麼想，又搖搖頭，心想不對。那位仁兄在很久很久以前就死了，變成鬼了。所以，不是他本人，是他的鬼魂。

可是，看起來跟他生前沒兩樣。那麼，還是可以稱為「人」吧？

昌浩邊想著這種無聊的事，邊跑向紅蓮，抓住他的手。

「喂，紅蓮，走啦。」

但是，十二神將不肯把瞪著冥官的眼睛移開。

倒是冥官看到跑過來的昌浩，動了一下一邊的眉毛。

「喲，你還是那麼矮小呢。」

一開口就說這種話，昌浩也忍不住拉下臉來。

冥官馬上浮現嘲諷的笑容。

「啊，原來是旁邊那個大而無當的人太高大了。」

「……」

昌浩察覺紅蓮被他抓住的手變得非常有力。

先坐進四輪驅動車裡的比古和成親，也發現了變異。

比古解開安全帶，把身體探出車外到可以看見門的程度，看到神將、昌浩，以及站在離他們很遠的對面正堂附近的男人，驚訝地張大了眼睛。

「哇，冥官！」

把雙臂與下巴都搭在方向盤上的成親，蹙著眉頭咕噥：

「啊，果然是他。剛才明明沒有顯露任何氣息，現在又特地現身，沒想到他這個人還真有禮貌呢。」

成親的觀點出人意外，比古詫異地張大了眼睛。

「這麼說也對……」

「有禮貌是很好，可是，每次現身都這樣刺激神將，就是那位仁兄招呼客人的方式嗎？」

「招呼客人……不，我想應該不是……」

不論冥官在想什麼、有任何企圖，招呼客人招呼到挑起爭端，根本不能說是有任何交流。

在以前的青春電影或少年漫畫，常看到兩人戰得你死我活，下次再見面時不知為何就成了朋友。在這裡，根本不能套用那種畫面，絕對不能。

成親看著比古說：

「畢竟人類再怎麼努力，最多也只能活百年左右。像我們這樣的人，出生後就是活十多年、三十多年，爺爺也只活了八十多年。」

然而，神將們少說都活過千年以上，搞不好還會活過兩千年。

那個冥府官吏的出生與死亡，若是真如史實記載，那麼他已經「度過了」一千多年的歲月。

他死過一次，不再是「人」了，所以適不適用「活過了」的說法，有些微妙。因此先採用「度過了」的表現方式。

「這麼想，就會覺得那位仁兄對十二神將們，如果抱持著某種同伴或同志意識等有別於敵意的情感，似乎也不稀奇。」

比古差點就贊同了成親的分析。

但是——

「不、不、不，絕對不可能。」

比古慌忙用力搖頭，重新思考。

「成哥，你這樣的觀點，純粹是站在冥官的立場來看。」

比古冷靜地反駁成親的假設。

「如果哪天天翻地覆，他撞到頭，性格產生劇變，或許有可能。」

這麼說或許不夠冷靜，卻是比古絕無虛假的真心話。

成親回過頭看著比古。

「你會不會說得太過分了？」

比古長聲嘆息。

「成哥，你很少接觸冥官，所以對他有點夢想。」

「是嗎？也對啦，他活著時就是冥府的官吏，死後也是冥府的官吏，這也是一種浪漫。」

那個浪漫出現在眼前，怎能不興奮呢。

「浪漫……」

比古心想，成親可以這樣斬釘截鐵地說是浪漫，果然是道道地地的安倍家的陰陽師。

察覺成親的眼睛閃閃發亮，比古更深深嘆了一口氣。

「因為離得很遠，才說得出浪漫這種話，我現在有點同情騰蛇。」
而且，還有點尊敬抓住騰蛇的手壓制他的昌浩。
至於昌浩本人，其實不是在壓制紅蓮，只是被紅蓮放射出來的種種可怕的氣嚇到整個人呆住了。
說白了，就是驚慌失措。
但是抓住後再放開，很可能變成戰爭爆發的信號。
紅蓮若是使勁甩開昌浩的手，昌浩早就被甩飛出去了。他沒這麼做，可見還保有理性。
紅蓮與冥官互瞪了好一會。
先移開的是冥官。
他忽然聳個肩，就消失在正堂後面了。
紅蓮要衝出去，昌浩使盡全力拉住他說：「我去。」
等昌浩跑到那裡時，冥官已經不見了。
「不在……」
總算避開了一觸即發的危險狀態，昌浩鬆口氣，看到一樣東西。
正堂的格子橫木上，擺著用紅紙包起來的小包裹。
「咦，這是什麼？」
拿起來一看，紅色紙上用白色的字寫著「京都名產幽靈子育飴」。

「嗯嗯嗯？」
昌浩一頭霧水。
沒記錯的話，他們從門進來後就到處走走看看，去看了井又折回來，走向門時映入眼簾的景象中，並沒有這種紅色包裹。
就算沒有特別注意看，有這種東西進入視野，應該也會有記憶，因為是很鮮明的亮紅色。
古老的正堂裡的格子橫木上，擺著這麼鮮豔的紅色包裹，再怎麼樣都不可能不注意到。
印著「子育飴」的紙裡面，是透明的塑膠袋，裡面裝著幾顆琥珀色的塊狀物。未經修飾的自然形狀，像是把一大塊劈成了好幾塊。
檢查有沒有開封過時，一個聲音在耳裡響起。
『拿去。』
「……！」
昌浩不由得挺直背脊，緊張地環視周遭，還是沒看見冥官的身影。
他雙手捧著糖果，面向正堂裡的雕像，恭敬地一鞠躬。那裡祭祀的是冥府官吏還是人類時的雕像。
紅蓮看到走回來的昌浩捧著糖果，嘖嘖咂嘴，毫不掩飾自己的怒氣。
「那小子……」

昌浩以乾笑回應低聲咒罵的紅蓮。
「別這樣嘛，你看，這是他給的禮物……」
但是，紅蓮瞇起眼睛說：
「你以為那小子這麼做只是一番好意嗎？」
「唔……」
這麼說好像也對。
可是，已經收下了。既然收了，就沒辦法再退回去了。
昌浩臉色發白。紅蓮抓抓他的頭，滿臉忿恨地說：
「算了，走吧。」
在四輪驅動車等的成親和比古，看到昌浩手上的子育飴都張大了眼睛。
「那是哪來的？」
「好像是……冥官送的。」
不是冥官親手交給他的，可是，叫他帶走的那個聲音很熟悉，應該沒錯。
比古聽完後，表情跟紅蓮一樣。
「唔哇……這……」比古露出同情的眼神，把手搭在昌浩肩上說：「你加油……」
昌浩豎起眉毛說：
「到時我會把你扯進來！」
「為什麼？」

「既然一起來到這裡了，就要同生共死！」

「好過分！」

後座哇啦哇啦展開了舌戰，紅蓮懶得理他們，成親對他說：

「我也想去買那個糖果，可以嗎？」

從松原通繼續往西開，就有賣幽靈子育飴的店。

店的歷史十分悠久，超過四百年了。

很久很久以前，半夜響起敲糖果店門的聲音。老闆打開門，看到穿著一身白衣、臉色慘白的女人，拿出一文錢說要買糖果。

老闆覺得有些蹊蹺，但還是把糖果賣給了她。那一文錢，沾滿了泥土。

第二天晚上，那個女人又來買糖果。給老闆的一文錢，仍然沾滿泥土。

之後，女人每晚都來，拿一文錢買糖回去。

於是，覺得奇怪的老闆，跟蹤買糖回家的女人，居然看見她走進了墳場。

女人咻地消失在某座墳墓前。

驚訝的老闆跑過去，聽見墳墓下面有嬰兒的哭聲。

老闆找來看守墳墓的人，把墳墓挖開，看見棺木裡躺著那個來買糖果的女人和一個剛出生的嬰兒。嬰兒手上握著糖果。

懷孕中死亡被埋葬的母親，在土裡生下了孩子。沒有母奶的母親，動用了給死者的三途川過河費的六文錢，每天晚上花一文錢買糖果回來。所以，每一文錢都沾著泥土。

嬰兒被救出來，墳墓又被埋回原狀。

那晚之後，女人沒有再來買過糖果。

獲救的嬰兒長大後進入佛門，據說成了有名的高僧。

這就是幽靈子育飴大略的由來。

可見糖果是營養價值很高的食物，讓死亡的母親都想用來替代母乳。

其實，成親的主要目的是來買那個糖果，想到途中會經過那間寺廟，覺得是個好機會，就順道過去了。

紅蓮半張著眼睛說：

「隨便你。」

「太好了。」

成親鬆口氣，發動了四輪驅動車。

然而，日本唯一賣那個糖果的店，其實四點就關門了。

看到已經關門的店，成親失望地垂下了肩膀。後來，從昌浩那裡拿走了一些冥官給的禮物。這裡的糖果依然維持以前樸實的味道，沒有添加不必要的東西，所以很適合用腦過度身體疲憊時食用。

清水寺周邊沒有停車場，所以，四輪驅動車停在清水道附近的停車場。

沿著松原通前進，店面逐漸多了起來。

沒有二年坂、三年坂那麼多，但禮品店、特產店鱗次櫛比，光看都覺得趣味盎然。

最令人開心的是，清水寺可以參觀到晚上六點半，不必趕著過去。

「有夜間特別參拜的時候，九點前都可以進去。」

聽到成親這麼說，昌浩大感遺憾。

「啊，差了幾天。」

「可是那時候一定很擁擠。」

被比古這麼一說，昌浩掙扎地低喃：

「啊啊啊啊，說得也是……可是，有很多東西在晚上看起來不一樣，想必別有一番風味呢。」

在後面聽他們對話的紅蓮，喃喃說道：

「鳥邊野的夜晚，會出現很多你們不想看到的東西喔……」

以前這一帶是送葬之地。現在在那方面有擁有力量的人，還能看到種種異象。

在京都，不只亡靈之類，連妖怪之類都處處可見。

從坡道往上走，就看見了仁王門。

很多觀光客來來往往。現在是夏天，還以為人潮會因為怕熱而少一些，沒想到外國觀光客那麼多，一不小心就可能走失。

在這樣的人潮裡，個子高、頭髮顏色淺的紅蓮，成了最好的目標。

「音羽瀑布在哪邊？」

他們越過仁王門，穿過許多的堂，走向正堂。有名的清水舞臺就是正堂。

清水寺的主佛是「十一面千手觀世音菩薩」。從很久以前，就被這個地域的人們親密地稱為「清水觀音大人」。

所有人合掌拜過觀音像後，穿過正堂走向音羽瀑布。瀑布前大排長龍。

看到那麼長的隊伍，昌浩和比古都回頭望向成親。

「成哥，我們不排隊嗎？」

「我們看看就好。」

兩人目前都沒有特別想實現的願望，而且，今天繞巡過很多地方的水，覺得很充實了。

他們在周邊繞一圈就離開了。

可以再走回松原通，但還有一些時間，所以他們決定去產寧坂走走。

產寧坂又稱三年坂，是清水寺的參拜道路，經常擠滿觀光客。

到處都在賣八橋、霜淇淋、糖果、黑豆果子、阿闍梨餅，非常吸睛。

看著那些東西的昌浩和比古，肚子都咕嚕咕嚕叫了。

按著肚子的昌浩皺起了眉頭。

「肚子差不多餓了。」

中午在下鴨神社旁的茶店吃御手洗糰子，到現在有段時間了。

昌浩有點後悔剛才沒有先吃冥官給的糖果，比古開口說：

「本家應該準備了晚餐吧？」

「應該是。啊，要送什麼給本家吧？」

這麼回應的紅蓮環視周遭，視線落在貓蛇餅上。

「喂，騰蛇，買京都特產點心給京都人好嗎？」

成親以眼神示意買那個不好吧？

但紅蓮搖頭說：

「隨便買其他地方的點心去給京都人，不知道會被說什麼呢。」

「啊，沒錯。」

依成親個人的見解，在土生土長的京都人眼中，東京是東之國，也就是地方城市。

即便東京被稱為首都，世界的中心依然是京都，東京不過是東邊的地方都市之一。

「京都人應該是這麼想吧……」成親一本正經地說。

整張臉緊繃起來的比古說：

「成哥，你即使這麼想，最好也不要說出來。」

「嗯，我絕對不會對外人說。」

昌浩和紅蓮不理會他們，逕自選購特產店的點心。

「吉平伯父比較喜歡鹹的東西吧？」

「沒錯，那麼就送吉平辣椒、送賴江貓蛇餅吧？」

「還要買一份送給穗波。」

吉平與賴江的女兒穗波，目前就讀大學二年級，是昌浩的堂姊。其他還有幾位堂哥，但都已經獨立出去，這次很遺憾應該沒機會見面了。

聽著他們對話的比古眨了眨眼睛。

「咦，穗波回家了嗎？」

他聽說穗波在神戶讀大學，一個人搬出去住了。

正在挑選巧克力點心的昌浩回頭說：

「是啊，聽說暑假回家了。」

可以跟平時少有機會碰面的堂姊久別重逢，昌浩很期待。

買完幾份送本家的特產後，一行人走回四輪驅動車。

發動引擎後開車前進的成親說：

「希望下次可以去松尾大社。」

合抱雙臂的紅蓮嘆口氣說：

「要去松尾大社，最有效率的做法是鎖定嵐山周邊。」

坐在後座的昌浩和比古爭相開口說：

「去松尾大社當然好，可是我現在快餓死了。」

「我也是，現在只想快點回本家吃晚餐。」

聽到正在成長所以食量很大的兩人的真心話，紅蓮苦笑起來。

◇ ◇ ◇

「然後呢……喂，昌浩？」

呆呆看著馬鈴薯餅麵包的昌浩，猛然回過神來，眨了眨眼睛。

視線前方是比古那張詫異的臉。

「你還好吧？去貴船給你那麼大的壓力嗎？」

「不、不、不，沒那回事。」

昌浩慌忙撇清，咬一口剩下的馬鈴薯餅麵包。

「我只是想起種種事……去年夏天冥官給了我們糖果呢。」

「哦，」點頭表示理解的比古，忽地望向遠處，說：「那之後可麻煩了……」

昌浩也忽地望向了遠處。

「是啊……冥官送的特產……代價太高了……」

說到這裡，兩人不約而同地望向彼此，深深嘆息。

這時，兒時玩伴們從旁經過。

「啊，昌浩、比古。」

跑過來的是今年剛上國中一年級的藤原彰子。

彰子的父親是清涼學園的理事，但她並沒有因此得到特殊待遇。

「剛好，你們誰有帶英文字典？」

昌浩舉手說：

「我有帶，我幫妳拿去教室吧？」

「那怎麼好意思，我可以現在去拿嗎？」

「好吧。」昌浩匆匆把剩下的麵包塞進嘴裡，站起來說：「比古，等一下見囉。」

「喔。」

輕輕揮手目送兩人離開的比古，從牛皮紙袋拿出了堅果蛋三明治。

「開動囉。」

自己大口吃起來時，另一個兒時玩伴突然跑過來。

「比古！」

吃完堅果蛋三明治，正要拿出下一個炸魚塔塔醬三明治的比古，停下手的動作，抬起了頭。

「怎麼了？螢。」

螢把手上的午餐袋子塞給了他。

「不好意思，幫我吃了。」

接過來的袋子裡面，裝著小小的午餐盒。

比古眉頭緊蹙。

「不行，妳要好好吃飯。」

「我吃了啊，吃了橘子果凍和草莓果凍。」

螢的回答讓比古板起了臉。

那些東西算是甜點吧？

打開午餐盒一看，裡面有三分之一的洋栖菜飯，還有煎蛋、蘆筍培根捲、蝦子炒綠花椰菜、涼拌堅果紅蘿蔔絲、切成花朵形狀的小黃瓜、兩顆小番茄。加上已經吃掉的橘子果凍、草莓果凍，是一餐的分量。

對比古和昌浩來說絕對不夠，但是，對食量超小的螢來說卻是大敵。平時，若是放著她不管，她就會只靠水果和水度過好幾天。

這樣可以維持健康嗎？當然不可以，所以實際狀況是經常引發貧血。

比古看著螢的便當，喃喃說道：

「冰知做的便當看起來總是這麼好吃。」

螢搖著頭說：

「不，冰知有事回菅生了，所以今天是我哥哥做的。」

又嘆口氣說其實自己原本只想帶果凍來，結果被哥哥發現了。

在比古旁邊坐下來的螢，苦著臉皺起眉頭。

「沒吃完，哥哥會傷心。可是全吃了，我會難過、不舒服，所以拜託你全吃了。」

比古沉吟了一會，把自己手上的炸魚塔塔醬三明治塞給螢。

「那麼我幫妳吃便當，妳吃這個三明治或咖哩麵包。」

螢往比古塞給她的牛皮紙袋裡面瞧，思考了一會，決定選擇分量比較少的咖哩麵包。

雙手合十感謝後，比古開始吃便當。對他來說味道有點淡，但非常好吃。

想到這是神祓眾次任總領小野時守含辛茹苦做出來的便當，比古差點笑出來。煎蛋有點焦味，提升了便當不是冰知而是時守做的這件事的可靠信。

比古用叉子叉起綠花椰菜，拿到螢的嘴邊。

「妳不吃一點會對不起時守。」

「唔唔唔唔。」

螢認命似地咬住了綠花椰菜。

比古看著她動嘴巴咀嚼，確認她吞下去了，才把剩下的便當扒光。

小口小口咬著咖哩麵包的螢，仰望天空，垂下了肩膀。

「啊——啊，真希望夏天快點到。」

「才剛春天呢。」比古苦笑起來。

雙眼閃閃發亮的螢說：

「我跟小彰約好了，今年夏天要再去。」

螢露出咬咖哩麵包時絕對不可能看到的笑容。

知道她在說什麼的比古，把吃完的午餐盒放回午餐袋裡，邊拆開炸魚塔塔醬三明治的包裝，邊回憶去年的夏天。

那時螢她們送的特產桃子，實在太好吃了。

近處的人眼睛看過來

安倍家的當家晴明，不論平時或工作時，都是穿著和服。

也可以穿西服，但因為長期以來都穿和服，所以不穿和服就渾身不自在。

安倍家是建造於廣大用地上的平房構造的日本房子，所有房間都是紙拉門、格子門、榻榻米。鋪木板的地方，只有廚房和脫衣間。

晴明的兒子們因為工作的關係，都住在京都。孫子們除了一人之外，也都住在京都。自然而然就變成了這樣，並不是他們有什麼特別的想法。

江戶時代結束進入明治時代時，當時的安倍家之主就搬來這裡了。

其實，他與新政府的高官權貴之間有過種種事，只是沒有被公諸於世。他搬來這裡，就是為了那些被隱瞞的許多事。

儘管離都心很遠，卻不覺得不方便。離電車站約十五分鐘，稍微走幾步路就有公車站，便利性算是很高了。

雖然每個房間都有冷氣，但是，安倍家占地廣闊，庭院綠意盎然，連盛夏都只要打開窗戶就會有風吹進來，舒適宜人。

天氣太熱的時候會開冷氣，但庭院的綠意會使夜間的氣溫下降，所以只有白天會稍微開一下。

不過，最近這幾年，開冷氣的天數越來越多了。

「真的很熱呢。」

坐在旁邊的十二神將太陰，倒了一杯麥茶放在晴明前面。

「現在是夏天啊。」晴明回應。

太陰鄭重其事地說：

「既然是夏天，吃當季的東西很重要吧？」

望向庭院，從敞開的紙拉門可以看到隔開外廊的木框玻璃門窗外，神將們正在庭院一隅的菜園採收夏天的蔬菜。

是勾陣和玄武。神將們每天輪班，在大約六個榻榻米大的家庭菜園，栽種各種蔬菜。

「今年的大豐收是南瓜和茄子，還有小番茄。」

在非菜園的地方，也有自己長出來的蘘荷、蜂斗菜、車前草。

「紅蓮昨天做的細涼麵真好吃。」

就是把切好的蔬菜稍微炒一下，擺在細麵上，再把川燙後用冰水冰鎮過的豬肉薄片撒上去，最後澆上涼麵醬油露，是很簡單的料理。但是，最近熱到沒什麼食慾的老人，難得飽餐了一頓。

細麵滑順容易入口，不知不覺吃了很多。

也替自己倒了麥茶的太陰，陷入了沉思。

電視正在播放重播的時代劇。

晴明悠閒地看著電視。不記得名字的演員穿著甲冑、騎著馬、高舉著刀，發出高亢的叫喊聲。

『嚇呀！嚇呀！遠方的人聽好了，近處的人眼睛看過來……』

這是交戰前的叫囂臺詞。

瞪著玻璃杯的太陰，緩緩把眼睛轉向了電視畫面。

「……」

晴明眨了眨眼睛，他察覺太陰似乎想到了什麼，露出茅塞頓開的表情。

太陰像是在說給自己聽，邊點頭邊喃喃咕噥。

「沒錯……」

然後，猛然站起來，雙手握起了拳頭。

「如果靠近的話……就不得不看了！」

「啊？」

太陰沒有回應疑惑的晴明，直接奔出了房間。

「所以，勾陣，拜託妳！」

「可是……」

太陰的同袍十二神將勾陣，滿臉困擾地合抱著雙臂。

「妳想想辦法嘛！」

幾乎是苦苦央求勾陣的太陰，聽到後面響起詫異的詢問聲。

「妳在做什麼啊？太陰。」

她與勾陣同時轉過頭看。
她們正站在安倍家玄關前的走廊，勾陣是被她拖來了這裡。
玄關的拉門被拉開，出現了瞪大眼睛的小野螢和藤原彰子。螢把長及腰部的頭髮綁在後面，兩撮頭髮垂落在耳朵前。彰子把同樣長及腰部的直髮，在後面半挽起來。
「歡迎光臨，我才想問妳們來做什麼呢？」太陰問。
螢先看一眼彰子才回答。
「她有不會做的功課，所以來我家問我。結果我也不會做，所以來這裡看看有沒有人會做。」螢指著揹在一邊肩上的帆布背包說：「我想可以順便一起寫作業。」
仔細一瞧，彰子也提著帆布托特包。
「我們打電話給真鐵，他說比古在這裡，我們就來了。」
問兒時玩伴中年紀最大的比古絕對錯不了，但是他說要跟昌浩去圖書館，兩人就一起出去了。
勾陣點頭說：
「沒錯，剛剛才出門，不會那麼快回來。」
螢與彰子面面相覷。
「啊，太不巧了。」螢說。
「對不起，小螢，讓妳陪我來……」彰子不好意思地道歉。
螢笑著搖搖頭說：

「沒關係啦，又不是很遠。」

螢跟哥哥時守、哥哥的現影冰知、螢自己的現影夕霧，一起住在離安倍家徒步約十分鐘的獨門獨院。故鄉在兵庫縣的赤穗市附近，以前被稱為菅生鄉。

螢的家族古老悠久，是陰陽師集團神祓眾的總領家族，哥哥時守是穩坐下屆總領之位的人。住在一起的現影們，是從很久以前就跟隨總領家的現影的後代，原本的模樣是白髮、紅眼。

但是與生俱來的外表容易引人側目，所以為了稍微避人耳目，他們會把頭髮染成黑色。眼睛可維持原樣，或是在意的人可戴有色隱形眼鏡，或戴淺色的太陽眼鏡。

總領家的人誕生時，一定會有一個相對應的現影誕生，現影的主人一輩子都不會改變。

時守和螢決定求學這段時間住在東京，他們的現影當然也會跟著來。身為神祓眾總領的小野家嫡系，大多終生不曾離開過故鄉。幾代前的總領認為，這樣視野太過狹隘，於是採取了新的方針，決定在年輕時去看看外面的世界，累積總總經驗，再把那些經驗帶回菅生鄉，貢獻給神祓眾。

螢會來東京，是因為附近沒有同年代的孩子，而且從小就下定決心，將來要成為時守的得力助手。

往返是長途跋涉，單程就要花上半天的時間，所以不能太常回去。但是，神祓眾心中都時時惦記著那裡是自己的故鄉。

彰子是大企業老闆的千金小姐。父親道長是彰子和昌浩等人就讀的清涼學園的理事長，並經營其他好幾家公司。

安倍家與藤原家素有往來，晴明是道長的公司的顧問。除此之外，晴明等安倍家的人，都會承包與企業問題大相逕庭的神秘問題和案件。

昌浩會認識彰子，是因為彰子的靈視能力。當時昌浩四歲，彰子三歲。

之後，又加入了與昌浩同年代的孩子九流比古、小野螢，四人成為推心置腹的兒時玩伴，一起玩到現在。

昌浩都是直呼所有人的名字，但比古和螢都叫彰子為「小彰」。

彰子也是直呼昌浩的名字，但會叫比古為「古哥」、叫螢為「小螢」。

「什麼功課不會做？」勾陣側首詢問。

她的眼神似乎在說：如果是自己幫得上忙的領域，很樂意幫忙喔。

「呃，就是……」

彰子從袋子裡拿出課本時，太陰走向了螢。

「嗨，螢。」

「什麼事？」

「妳喜歡水果吧？」

螢的雙眼亮了起來。

「非常喜歡。」

太陰一副正中下懷的樣子，招手叫螢進來。
「打攪了。」
脫掉鞋子的螢，被太陰拖著往裡面走。
看著她們離去的勾陣，回頭對彰子說：
「妳先進來吧，要讀書就要好好坐下來讀。」
「嗯。」
彰子聽話地點點頭。
勾陣和彰子走進起居室，看到太陰和螢專注地盯著放在桌上的大平板電腦。
「怎麼了？」彰子詫異地問。
螢招手叫她過來，眼睛閃閃發亮地說：
「小彰，要不要去吃這個？」
聽到這句話的勾陣，仰頭長嘆後，把視線轉向了同袍。
「太陰，妳是不是約了她？」
太陰沒回答，挺起胸膛，擺出跩樣。
在螢旁邊跪坐下來的彰子，看到平板電腦螢幕上的那些畫面，驚訝地張大了眼睛。
「這是……桃子？」
螢欣喜若狂地點著頭說：
「對啊，是桃子聖代，聽說這個使用了三個桃子呢……」

螢指著裝滿大容器的桃子薄片，以及被擠在上面的鮮奶油。
「鮮奶油上不但擺了藍莓當裝飾，好像還澆了桃子醬呢。」
「對吧？對吧？一定很好吃吧？」
太陰坐在桌邊，把身體往前探。螢用力點著頭對她說：
「這個非去吃不可！說吧，在哪裡？」
太陰露出獲勝般的表情回答：
「在福島！」
據她說是偶然發現的。
不知道是晴明還是昌浩，把平板電腦開著就走開了，太陰想查點資料，就打開檢索畫面。在檢索結果中，看到了一個社群網站。
她不經意地點開，就跑出了這個聖代的畫面，還附上了「窮兇惡極的桃子聖代」的註解。
剛看到「窮兇惡極」四個字時，她原本有點驚恐，後來知道是好吃到窮兇惡極，心想有那麼好吃嗎？立刻產生了興趣。
調查後，知道做這個聖代的咖啡餐廳在福島縣。
「到了夏天，不是常常看到電視或車站的海報說『福島的桃子很好吃！』嗎？我每次都會想是不是真的呢？」
「啊，是偶像明星說的那個。」

「對，就是那個。」

太陰用力點頭附和螢的話。

聽著她們對話的彰子，疑惑地偏著頭問：

「那麼，太陰一個人去不就行了？太陰可以在短時間內往返吧？」

太陰是可以乘著風在空中自由飛翔的十二神將。除了她之外，還有另一個會飛的神將，那就是白虎。

其他還有水將，雖然不能飛，但能開闢道路到達任何與水相連的地方，那就是玄武和天后。

「這個嘛……」

開口的不是太陰，而是勾陣，太陰本人沮喪地垂下了頭。

「她這模樣，如果一個人去，肯定會被輔導老師帶走，她可不想那樣。」

彰子和螢不由得盯著太陰看。

沒錯，外表看起來像小學一年級的太陰，突然冒出來坐在那裡吃聖代，難免會有人靠過去說：「小妹妹，可以跟我來一下嗎？」

來自附近還好，如果被問到從哪來？她回答從東京，那麻煩就大了。

其實到目前為止，太陰因為這樣被輔導過很多次了。起初她非常抗拒，後來想通了，十二神將不會成長，也就是說她永遠都會是這個樣子，不會改變，所以以後還是會這樣被帶去輔導。

再懊惱也沒用，所以若要以人類的模樣出遠門，她都會找看起來像監護人的同袍一起去。

無奈的是，跟晴明在一起會被當成孫女，跟昌浩在一起會被當成兄妹。

恢復原貌，一般人就看不見她，去哪都沒問題。可是這次不能那麼做，因為不吃聖代就沒有意義了。

「所以剛才我拜託勾陣跟我一起去。」

後來靈光一閃，想到螢愛水果成痴，說不定會上鉤。

果不其然，螢看到這個畫面就愛上了。

她雙手交握，眼睛閃閃發亮。

「小彰，這可是當季的桃子喲，而且是以水果王國著名的福島桃子喲，這個聖代毫不吝嗇地使用了大量現採的桃子喲，哪有不好吃的道理呢，不，一定非常好吃！」

看到螢說得那麼陶醉，勾陣苦笑起來。螢的食量非常小，時守和冰知為了讓她多吃一點煞費苦心，勾陣都看在眼裡。他們若是聽見螢現在說的話，可能會喜極而泣吧。

夏天的食量又更小，所以為了盡量讓她吃到營養又容易入口的東西，小野家會備齊各種水果。

安倍家也一樣。

很多人會送岡山或山梨的桃子給安倍家的時節又快到了。不過回想起來，好像都跟福島的桃子沒什麼緣分。

超市有賣的時候，紅蓮偶爾會買回來，在飯後拿給大家吃。但是沒賣的時候，就沒有機會吃到了。

安倍家的人也都愛吃水果，只是不到螢那種程度。他們並沒有特別注意缺不缺水果，但是，一到季節，就會有很多人送他們水果，所以，安倍家的水果幾乎沒有斷過。

螢抓著彰子的手說：

「小彰，一起去吃桃子聖代吧？」

「咦？」彰子張大了眼睛。「呃，去福島嗎？」

「對。」

「妳說的福島，是福島縣的福島？」

彰子在腦海中描繪地圖。東京的東方有千葉縣，千葉縣的北方有茨城縣，福島縣在那裡的更北方。

彰子煩惱地問：

「可以當天往返嗎？」

彰子才小學六年級，父母交代過她不可以出遠門。

即使可以當天往返，若回到家的時間太晚，父母也會面有難色。

「從這裡去，搭新幹線單程約四小時。」早已查好的太陰插嘴說。

「也就是說……」彰子開始思考。

大早出門，行程只設定去聖代那家店，回程就不會太晚。可是，這樣也可能晚上才能回到家。如果太晚，父母不但會擔心，以後也可能會禁止她晚上外出。有大人陪同就沒問題了。有負責送到家的大人，定時聯絡家人，即使隔天才回家，也不會挨罵。

這時候，在一旁觀看的勾陣嘆口氣說：

「知道啦，我跟妳們去。」

把長度不到肩膀的黑髮剪得齊平的勾陣，以人類的年紀來說，看起來大約二十多歲，當監護人綽綽有餘了。

道長也清楚十二神將的事。為了工作在全世界飛來飛去的道長，是由十二神將青龍和白虎擔任保鏢。

「啊……勾陣一起去，我父親就會答應讓我去。」

彰子鬆口氣，螢和太陰馬上舉手歡呼。

「太棒了！什麼時候去？」

「妳們什麼時候方便？」

三人興奮不已，嘰嘰喳喳地討論著行程。勾陣雖然有點受不了，還是微笑地看著她們。

螢和彰子婉拒昌浩和比古週末去京都的邀約，與兩名神將踏上了福島之旅。

原本應該是這樣。

實情卻是螢在飯坂線的月臺上，沮喪地垂著頭。

「唔唔唔唔。」螢不斷呻吟。

時守為了安撫她，拚命跟她說話。

「螢，啊，妳看，電車來了。」

時守牽起妹妹的手，開開心心地搭上了飯坂線的車廂。同樣未經同意就跟來的夕霧，嘆著氣跟在他們後面。

坐在他們三人對面的勾陣、太陰、彰子，想起早上滿臉沮喪地出現在車站前集合地點的螢。

愁眉苦臉的螢的左右兩旁，站著滿面笑容的時守和面無表情的夕霧。

螢說冰知也想跟來，但有無論如何都不能取消的事，所以哭著放棄了。

勾陣心想不至於為這種事哭泣吧？但是，再仔細想想，這次非搭新幹線不可，算是出遠門，時守他們的確不可能默默送螢出門。

神祓眾的總領家，不知道為什麼，很少有女孩出生。怎麼生都是男孩，所以繼承人從來不是問題，只是有點單調無趣。

在這樣的小野家，螢是百年來唯一誕生的女孩，所以全家族都溺愛她。

被當成蝴蝶、花朵般細心呵護，很可能自以為是，反而變成性格扭曲的人，幸好螢被教育成了耿直的孩子。可能是成為陰陽師的修行太過嚴酷，讓她沒有餘力去扭曲性格。

周遭都是男人，所以養成她爽快、直率的性格。

那麼，這樣的螢會不會不像個女孩呢？很遺憾，的確不像，很難說她有女人味。雖然是個不折不扣的女孩，卻與端莊嫻淑無緣。

其實，這樣的螢非常憧憬完美無缺的女人彰子。她常想，像彰子這麼溫柔、有包容力的高雅千金小姐，多麼好啊。

彰子卻覺得，螢的直爽、言行一致、天不怕地不怕的性格，非常耀眼。彰子要做什麼事之前，都會不由得東想西想，所以很希望自己可以像雷厲風行的螢那樣，想做什麼就去做。

在一旁觀看的神將們，就像某位詩人那樣，帶著微笑在內心思索：每個人都不一樣，每個人都很好。

螢趁電車停在下一站時，逃到彰子旁邊。

「唔唔唔唔。」

為了讓垂頭喪氣地呻吟的螢開心起來，彰子對她說：

「小螢，哥哥和夕霧能陪妳來，很好啊。」

「一點都不好。」把臉扭成一團的螢半哭訴：「我偷偷溜出去時，竟然看到他們在家門前等著我，妳相信嗎？」

「是這樣啊？」

「是啊，他們怎麼會知道呢？」

真的很疑惑的螢，發現視野角落的勾陣視線飄忽地望著遠處。

螢皺起了眉頭。

「勾陣？」

神將聳聳肩說：

「我先聲明不是我喔，是晴明說有義務向監護人報告，打了電話。」

「啊啊啊，是爺爺啊……那就不能罵人了……」

看到勾陣點頭表示對啊對啊，彰子與太陰四目交會。

現在說得頭頭是道的勾陣，在集合地點看到時守和夕霧時，回頭對彰子和太陰說了這樣的話：

妳們應該開心，我們有大錢包了。

當時太陰就想，勾陣八成是企圖讓小野家從錢包掏錢，採買所有帶回安倍家的禮物。

事實上，到此為止的旅費也全都是時守搶先付了。

因為螢的食量太小，時守他們為了她的飲食大傷腦筋，所以即便是聖代，能讓螢為了吃而出門這件事，都讓他們再高興不過了。

這全都要感謝十二神將太陰找了螢一起去、彰子也決定同行、勾陣願意帶隊。所以，區區一、兩筆必要經費，當然要由小野家全部包辦囉——太陰似乎聽見了時守這樣的堅持。

不知不覺中，到了最近的車站。

下車的一行人，照著事先查好的地圖邁出步伐。

原本計畫太遠就搭計程車，現在知道徒步約莫二十分鐘，就決定走路了。

在第一次下車的車站，最好盡可能走路，靠自己的眼睛、耳朵觀察車站周遭，會有許多新的發現。

邁步往前走的彰子，看到形狀怪異的自動販賣機，驚訝地張大了眼睛。

「那個是……」

「哪個？」

彰子指的地方，有個形狀像投幣式置物櫃的自動販賣機，門是透明的。

「啊，那是水果販賣機吧。」

形狀雖然不一樣，但螢見過很多類似的機器。彰子聽到螢的回答，把眼睛瞪得斗大。

「可以在自動販賣機買水果？」

「對，可以買。」

螢笑著重複說了一次。在東京，離都心遠的地方，也都有蔬菜、水果、雞蛋等無人販賣處或自動販賣機。但是，彰子居住的地方，周邊的確不常見。

這一臺好像是附近水果農家的自動販賣機。可惜整臺機器都是空的，如果裝了水果，就可以買給彰子看。

再往前走，就到了車子流量較大的馬路。

馬路旁立著白色的木樁，上面寫著「奧之細道・芭蕉路」。

「啊！松尾芭蕉來過這一帶呢。」螢發出讚嘆聲。

彰子的眼睛也亮了起來。

「我都不知道呢。」

光是這樣，彰子就覺得走到這裡太值得了。

從那裡再往前走，就到了一行人的目的地咖啡餐廳。

店名是「森之花園」的咖啡餐廳，客人多到超乎想像，店外大排長龍。

他們登記名字後，等了一會，就被叫到名字請進去了。

可以選擇一般大小或較大份的聖代。不久前還只有一般大小，所以，現在來得正是時候。

彰子、螢、太陰點的是較大份的聖代，其他三人點的是一般大小。

桃子堆得像山一樣高的聖代，在大家興奮期待中送來了。

手握叉子的太陰，眼睛亮了起來。

「開動囉！」

螢和彰子也相繼把桃子塞進嘴巴。

勾陣等人默默看著她們實現願望大啖桃子的模樣。

◇　◇　◇

「結果怎麼樣？」

從京都回來後，一如往常在晚餐後負責收拾的紅蓮詢問。

他把吃飯用的食器洗過、用抹布擦乾，再收進年代已久的餐櫃裡。

桌上堆著兩箱時守出錢買的桃子。昨天吃桃子聖代的咖啡餐廳，就是他們買桃子的那家果樹園開的店。

把塞滿嘴巴的桃子吞下去後，螢浮現滿足的笑容，說了這麼一句話。

——幸福是桃子的形狀呢……

然後，螢一個人把較大份的聖代全吃光了。因此心花怒放的時守，大手筆買了很多桃子，送給大家當禮物。

盡情享受了聖代的美味，還買了很多桃子的勾陣，心滿意足地返回了福島車站。

要直接回家也行，但是，只為了吃聖代耗費來回將近八小時的時間，總覺得有點失落，所以，他們決定在福島車站附近，吃提早到傍晚五點的晚餐。

他們進入這一帶很有名的圓盤餃子店，總共點了兩盤餃子。一盤二十個，是相當飽足的餃子。

但是，已經吃桃子吃到飽的螢和彰子，幾乎沒動筷子，都被神將們和時守、夕霧掃光了。

圓盤餃子一如其名，就是把煎成金黃色的餃子擺放成圓形。沒有旁邊相連的麵皮，可以輕易用筷子一個個分開，很方便吃。

往廚房望去，可以看到餃子排放在深煎鍋裡，慢慢地煎熟。

神將們想，如果昌浩和比古有來，大概一個人就可以吃完一盤。水果聖代對昌浩他們沒什麼吸引力，但是，讓他們瞄一眼這個圓盤餃子，他們一定會忍不住跟來。

在回程的新幹線上，彰子不甘心地埋怨說：「餃子也很好吃，可是吃一點就飽了。」

除了桃子外，勾陣在新幹線車站的商店看到福島有名的糕點「柚餅子」，就自掏腰包買了。連這個都讓時守出錢，她也覺得不好意思。

在星期天下午昌浩他們回到家之前，晴明和神將們就把這個「柚餅子」全裝進肚子裡了。勾陣隨手拿起來吃，發現非常好吃，不禁後悔沒多買一盒，但已經來不及了。看到目錄上寫著東京都內也有販售，勾陣決定改天去都心時再買。

從京都回來的昌浩，因為兩天一夜的行程太過緊湊，吃完晚餐就早早回自己房間了。才剛過晚上八點，若是平時絕不可能這麼早睡，但今天真的累趴了。

今天的晚餐是本家的吉平讓他帶回來的鯖壽司和柿子葉壽司。飯後，還吃了吉昌和露樹在百忙中來送行時交給他的鍵善良房的水羊羹甘露竹。

因為是裝在很多保冷劑的保冷袋裡讓他帶回來的，所以，日後必須裝回禮再送回去。裝在竹筒裡的水嫩羊羹，是晴明的最愛。冷藏可以保存五天，所以老人家眯著眼說可以一天吃一根。

紅蓮打開了桃子的箱子。一箱四公斤，大約有二十顆桃子。

「你們都還沒吃呢，真不好意思。」紅蓮又接著說：「昨天可以先拿一顆給晴明吃嘛。」

勾陣眨眨眼說：

「留一箱別開，時守交代要送給風音。」

「是嗎？」

「他說螢受她照顧良多。」

「這樣啊，那麼，讓六合帶去吧。」

紅蓮推開未開封的箱子，檢視已開封的箱子。

水嫩嫩的桃子的香氣彌漫開來，箱子上寫的品種是「曉」。

「我問妳結果怎麼樣啊？」

眼睛半張的紅蓮又問了一次，勾陣砰地拍一下手說：

「啊，對哦。桃子片堆得跟山一樣高，上面是澆了桃子醬的鮮奶油，下面是香草冰淇淋。」

「哦。」

「冰淇淋下面是玉米片和蜜漬桃子。」

「哦，從頭到尾都是桃子呢。」

「就是啊。」這麼回應的勾陣又補充說：「昨天晴明聽我們說完後，就一直盯著

平板電腦上的桃子聖代照片。」

「哦？」邊應和邊看著桃子的紅蓮，猛眨眼睛看著勾陣問：「晴明嗎？」

「對，晴明。」

「盯著桃子聖代？」

「對，盯著桃子聖代。」

勾陣一一重複說過的話，回應紅蓮的確認。紅蓮眉頭深鎖，喃喃說著：

「桃子聖代……嗯……」

勾陣又補上一句：

「他還說福島有點遠。」

「……」

藤原集團的企業顧問，比旁人想像中忙碌許多。再加上陰陽師的工作，很難做到要去哪就去哪。

默不作聲的紅蓮，深深嘆了一口氣。

「我去買些東西……」

紅蓮脫掉做飯時穿的牛仔布料圍裙，拿起了錢包。附近的超市開到晚上十一點。

勾陣揮揮手，目送走出廚房的紅蓮。

隔天。

從廚房傳來金屬相互碰撞的哐啷哐啷聲。

「嗯？」

昌浩被吵醒。

看看時鐘，是十點多。

昨天剛從京都回來，所以今天早上多睡一點也不為過，可是，昌浩又覺得好像睡太多了。

哐啷哐啷聲持續不斷。

「什麼聲音啊？」

好奇的昌浩揉著惺忪睡眼，走出自己的房間，去廚房看。穿著牛仔布料圍裙的紅蓮，眉頭緊蹙，抱著大調理缽，動著攪拌器。

桌上擺著平板電腦。因為用架子斜立起來，所以昌浩也看得到螢幕。

畫面上是桃子多到嚇死人的聖代。

直徑約十五公分的江戶切子[6]的小缽，排列在水槽旁的流理臺上。

還有平時看不到的玉米片盒，以及看似罐頭桃子的東西裝在玻璃容器裡。

「早安……紅蓮。」

紅蓮瞥昌浩一眼，說：

「早安，要吃早餐嗎？」

「要吃啊……」

紅蓮說冰箱裡有配菜，叫昌浩自己裝飯。昌浩聽從指示，拿出幾樣配菜、把飯盛到碗裡，擺在托盤上，端到起居室吃。

晴明在起居室看報紙。

聽得出來昌浩自己也覺得不早了，晴明苦笑著對他說：

「爺爺，早安。」

「睡得好嗎？」

「嗯……爺爺，紅蓮在做什麼？」

雙手合十說開動後，昌浩邊拿起筷子和飯碗邊問。

晴明細瞇著眼說：

「不知道，他昨天買東西回來後就東摸西摸，不知道在做什麼。」

昨天晚上一直聞到桃子的甜味，晴明還以為他是在分類，把桃子分成保存用和生食用，但看來並不是。

會飄出桃子的甜味是因為紅蓮請六合把桃子做成蜜漬桃子。做好的蜜漬桃子要先放涼，再放進冰箱裡冰一個晚上。昌浩以為是罐頭桃子的東西，就是六合做的蜜漬桃子。

昌浩邊吃著冷冷吃也很好吃的常備菜和飯，邊暗自思索。

出現在平板電腦螢幕上的桃子聖代，上面擺著鮮奶油。可見，紅蓮是試著重現那

6.江戶末期在玻璃器皿上雕刻花紋圖案的工藝手法。

個桃子聖代。

可是，為什麼是桃子呢？

疑惑地偏起頭的昌浩，還不知道禮拜六彰子和螢特地去福島吃了桃子聖代。

後來，紅蓮把嘔心瀝血做出來的桃子聖代裝在江戶切子的小缽裡，擺在大家面前，再加上太陰的熱情演說，昌浩才知道螢他們禮拜六做了什麼事。

詳細內容就再說了。

◇　◇　◇

紅蓮打開冰箱，看到藏在很裡面的瓶子。

那是用去年夏天勾陣帶回來的幾個桃子做成的果醬。

果醬是六合做的。其他還有藍莓、蘋果、草莓果醬的瓶子。

他想把生菜、番茄、炒牛肉絲、堅果美乃滋、乳酪和菠菜等裹起來，做成可麗餅而非手捲壽司，當成晴明的午餐。

用果醬和鮮奶油當飯後甜點，也可以消耗越來越多的果醬。

平時都是吃和食，偶爾來個輕食應該也不錯。

正在準備時，有同袍走進了廚房。

「聞起來很香呢，你在做什麼？」

太陰和玄武興致勃勃地問。

「我在做手捲可麗餅，你們也要吃嗎？」

兩人都眼睛閃閃發亮，點頭如搗蒜。

紅蓮吩咐拿抹布把起居室的矮桌擦乾淨，再把需要的食器擺上去，太陰和玄武馬上跑向了起居室。

「來做吧。」

紅蓮從冰箱拿出鮮奶油，倒入大碗裡，然後加入砂糖。

再來就是用打泡器不停地攪拌。

紅蓮邊哐啷哐啷攪拌鮮奶油，邊沉著臉嘀嘀咕咕。

「好想要手持式攪拌器啊……」

但是，他也知道那種東西不常用，所以每次都會想，為了一年只用一、兩次而特地去買，有沒有意義呢？

這時候，聽見打泡器聲音的晴明，晃進了廚房裡。

「喲，好難得。」靠過來往調理缽裡瞧的晴明，忽然想起什麼似地，笑逐顏開地說：

「去年夏天的聖代很好吃呢。」

光聽太陰和勾陣描述就覺得很好吃了，真的吃到時，發現比想像中更好吃。

「太陰他們聽說要吃可麗餅，都很興奮呢。」

紅蓮滿臉苦澀，對眉開眼笑的晴明說：「是嗎？」

他沒在生氣，只是用打泡器不停地打泡，是很累的工作，所以滿臉苦澀。

「好像很累呢。」

晴明從紅蓮的表情看出了端倪。

「是啊，有點累。」

努力想讓表情變得柔和的紅蓮，確定鮮奶油都打發了，便停下了手。

取一點沾在打泡器上的鮮奶油嘗味道，甜度剛剛好。

接下來，只要把烤盤拿到起居室的矮桌上，再做好可麗餅的麵糊，跟材料一起拿過去就行了。

「騰蛇，要拿什麼過去？」

「把桌上的東西全都拿過去。」

對折回來的玄武和太陰下指示後，紅蓮開始做可麗餅的麵糊。

再過幾個小時昌浩就放學回家了，為了留一份給他，紅蓮多放了一些麵粉。昌浩向來撐不到晚餐就餓了，所以要為他準備可以稍微填肚子的東西。

「好，做好了。」

用過的調理器材稍後再全部一起洗。

紅蓮把裝著麵糊的調理缽捧在手上，正要走出廚房時，發現桃子果醬遺留在桌上。

「啊，可不能忘了這個。」

他一手捧著調理缽，用另一隻手拿起瓶子，走出了廚房。

後記

沿著京都的一条通，從一条戻橋越過馬路往北走，就可以看到一座鳥居，上面的神社徽章匾額，是被稱為「晴明桔梗紋」的五芒星圖案。昌浩所說的祖先神社，就是坐鎮在這裡的晴明神社。

我是來參加每年秋分的例行祭祀「晴明祭」。

自從開始寫《少年陰陽師》後，我每個月一定會來參拜晴明神社一次。

有時候一個月不只一次，會來兩、三次，但基本上是每個月一次。

雖然九月初才剛來參拜過，但是為了第一本現代篇的出版，我想晴明祭這樣的慶典也應該來，所以又來了。

我以前常想，如果哪天可以出版現代篇該多好，現在終於實現了。謝謝你，爺爺。

第一次接觸的各位，《少年陰陽師》是以平安時代為舞臺，描寫那個大陰陽師安倍晴明的孫子，與搭檔白色怪物跑遍全國各地，與惡鬼、怨靈、妖魔、變形怪大戰的故事。是已經出版超過五十集的長篇小說，現在也還在持續中。

在出版現代篇之際，為了容易區分，就把那些長篇稱為「平安篇」。

以後想讀讀看的讀者，若選電子版，不但不用煩惱存放空間，還能避免紙質劣化。

「不，存放空間是次要問題，看書就要看紙本！」這種喜歡書的人，請一定要買紙版。自己說有點不好意思，把已經出版的五十多本密密麻麻地排列起來，還真的很壯觀呢。我看到京都地下室的某家書店，幾乎擺出了每一本已經出版的書，我不禁雙手合十，在心中暗暗說著：「哇……全都收齊了呢，謝謝。」

已經是老朋友的各位，這是終於可以出版的現代篇。在這之前，只能以全員大奉送小冊子，或夾在書裡的初版限定短文的方式呈獻給大家的現代篇，終於出版了。好漫長的時間啊。謝謝各位持續不斷地提出要求。

之前寫的現代版，跟這本現代篇幾乎相同，但又有點不一樣。

首先，從「版」改成了「篇」。以這之前寫的東西為原型，正式設定了狀況、出場人物的成長過程。這麼一來，不管將來會發生什麼事，都能迎刃而解。

角川 TSUBASA 文庫出版的《初戀 story》收錄的短篇〈聆聽蟬時雨之夏〉，是被定位為這本書中的昌浩與彰子之間的過去。

責編S濱女士對現代篇有滿腔熱情。

「把生日、血型、喜歡吃的東西、座右銘都寫出來吧！」

在她的熱烈要求下，人物介紹頁就變成那個樣子了。

平安時代沒有生日、血型，所以從系列出版到現在十五年，終於可以個別慶祝生日了。當然，是現代篇裡的人物的生日。

很多故事人物還沒在這本書裡出現，我也很想再寫昌浩等四人兒時玩伴的故事，所以請各位寫信給編輯部。

如果迴響熱烈，責編S說不定會動起來……

平安篇讀到一半，覺得太長而中途放棄的人可能也不少。知道我寫了現代篇，氛圍又不太一樣，因此懷念地買來看的你，現在也許正在看這篇後記。

歡迎回來，很高興還能再見到你。

至於我，可以再從頭開始寫十三歲的昌浩，除了懷念，更有種新鮮感。

常常有人在信中問我：「京都有哪些推薦的景點？」

如果純粹只是問觀光景點，應該看京都的觀光網站會比較好……可是我覺得讀者們要問的不是那種……

應該是《少年陰陽師》讀者去了會開心的景點。

去東三条府遺跡、京都御所、羅城門遺跡等處觀光，或許不是那麼有趣。但我個人覺得很有趣，從東三条府遺址的石碑到一条戻橋，實際走了一回。不禁感嘆，昌浩也就罷了，沒想到連彰子都那麼能走，直到不久前她還是個深閨裡的千金大小姐呢。是的，我是在吐槽我自己。

現代篇裡的景點都真的存在，所以依同樣路線玩，應該會很有趣。

清淨華院的稻荷社，真的是最近才蓋好的，也真的供奉著兩尊稻荷大人。其中一尊其實是以前晴明的……這件事也是某位高僧親口告訴我的，我無從確認真實與否，但

是傳說與傳承的確都還在千年古都裡生生不息，所以以前曾經被那位大陰陽師收為式的白狐，說不定也還活在這裡——希望真有其事。

取貴船的御神水、清淨華院的華水、錦天滿宮的錦之水時，注意先參拜再取合理範圍內的分量，大家就能心情愉快地過日子。

前幾天，沒來由地覺得，平時理所當然地用來喝、用來清洗的水，是很偉大的東西。因為水可以洗淨大自然的髒污，其他東西都無法洗淨，水卻可以沖洗得乾乾淨淨。好的水可以洗淨眼睛看不見的東西，也可以滋潤生物的喉嚨，還可以孕育生命呢。

想到唯獨水可以做到這些事，不知道為什麼，我彷彿突然被雷擊中般，受到很大的衝擊。把水與火寫在一起就是「水火」（kami），發音跟「神」（kami）一樣。我終於明白，構成神的重要因素之一就是水。

也因此，我想到京都神水之旅的故事。

題外話，加茂御手洗茶屋的夏季限定刨冰，也非常好吃。刨冰大小有手掌那麼大，我卻一下子就吃光了，附帶的白湯圓也一個不剩，太可怕了……明年再去吃吧……

不久前，不小心打破了心愛的小盤子。

正好藉此機會，送去做以前就很好奇的金繼修復。

所謂金繼修復，是很久以前就有的陶瓷器修繕技術，用漆把破掉的器皿黏接起來，上面再覆蓋金粉或銀粉作修飾。應該有人在博物館看過，表面有金或銀線條或圖案的古老器皿吧？那就是金繼修復。

現在有使用合成黏著劑，便可簡單完成的成套工具。但機會難得，我還是拿去做了真正的金繼修復。

幾個月後，破成兩半的小盤子回到我手上，多了金線條，更有韻味了。

以前的人陶瓷器即使缺角了、破了，也不會輕易拋棄，會像這樣送去修繕，長久使用。不過，用的是真正的漆、金、銀，所以修繕費也很高。

不論價錢如何，只要是自己很珍惜的東西，如果缺角了、破了，不妨考慮金繼修復這個技術。

大家覺得現代篇如何呢？請務必來信告訴我感想。

若能承蒙寫下「想再看」、「希望讓某某人再出場」的要求，說不定還能在某種機緣下，把現代篇呈獻給大家。

雖然還有點早，但在此先預告，二〇一八年二月會出版《吉祥寺所有怪事承包處》第三集，《少年陰陽師》應該會在那之後。

《派遣陰陽師》也快要可以發布預告了，我會加緊努力。

另外，也在思考還能再寫其他什麼，希望大家可以陪伴我繼續走下去。

那麼，下一本書再見了。

結城光流

國家圖書館出版品預行編目資料

少年陰陽師．伍拾，現代篇 似遠還近／結城光流著
；涂愫芸譯．-- 初版．-- 臺北市：皇冠，2018.11
面；　公分．--（皇冠叢書；第 4727 種）（少年陰陽師；50）
譯自：少年陰陽師 現代編・近くば寄って目にも見よ
ISBN 978-957-33-3404-0（平裝）

861.57　　　　　　107016817

皇冠叢書第 4727 種
少年陰陽師 50

少年陰陽師——

伍拾 現代篇 似遠還近

少年陰陽師 現代編
近くば寄って目にも見よ

作　　者—結城光流
譯　　者—涂愫芸
發 行 人—平雲
出版發行—皇冠文化出版有限公司
台北市敦化北路 120 巷 50 號
電話◎ 02-27168888
郵撥帳號◎ 15261516 號
皇冠出版社（香港）有限公司
香港上環文咸東街 50 號寶恒商業中心
23 樓 2301-3 室
電話◎ 2529-1778　傳真◎ 2527-0904
總 編 輯—龔橞甄
責任主編—許婷婷
責任編輯—楊惟婷
美術設計—嚴昱琳
著作完成日期— 2017 年
初版一刷日期— 2018 年 11 月

法律顧問—王惠光律師

讀者服務傳真專線◎ 02-27150507
電腦編號◎ 501050
ISBN ◎ 978-957-33-3404-0
Printed in Taiwan
本書特價◎新台幣 199 元／港幣 67 元